あやかし婚活相談はじめました

～鎌倉古民家カフェで運命の赤い糸見つけます～

瀬王みかる

二見サラ文庫

Illustration　新井テル子
本文*Design*　若杉葉子

CONTENTS

プロローグ

ここは、鎌倉。

とはいっても、小町通りなどの観光名所からは少し離れた、住宅街の奥にあるひっそりと静かな小径の突き当たりに、一風変わった古民家カフェがある。

それは、猫飼いさんの、猫飼いさんによる、猫と飼い主のための秘密の場所。

猫飼いさんのよろず相談に乗ってくれる、そのカフェの名は、『小菊茶房』。

そこには猫の言葉がわかる相談役がいると、もっぱらの噂だ。

いわゆる、今流行りの古民家は平屋建てが多いが、ゆうに築八十年は超えているその店は、めずらしい二階建てだ。

母屋は百平米ほどの広さで、一階部分が店舗、二階部分が住居スペースとなっている。

店内はカウンター席と、テーブル席が五つ。

古民家に合わせた、素朴な木材を使用し、シンプルな内装にまとめられている。

緑豊かに整えられた広い庭にもテラス席があり、そちらにペット同伴OK席が三つほど点在していた。

白薔薇(しろばら)をはじめ、春には美しい花が咲くので、テラス席はかなり人気があるのだ。

『猫相談』に乗る時は、いつも庭先の席と決めているらしく、彼、青藍(せいらん)は大抵庭の隅にある四阿(あずまや)の下の席にいる。

カシミアのストールを首に巻き、上質な正絹の羽織と着物姿は、どこぞの大店(おおだな)の若旦那然とした雰囲気である。

年の頃は、二十七、八歳といったところか。

百八十を超える長身に、完璧なまでに整った美貌。

とにかく、彼は人目を引く容姿をしていた。

白銀色の髪を背中に流し、極めつきは左右金と鮮やかな青のオッドアイだ。

何度もくどくて恐縮だが、彼はすこぶる顔がよい。

現に、相談客は彼と対面するなり、そわそわしだし、落ち着かない様子だ。

――無理ないよね、黙ってればすごいイケメンだもん、青藍さん。黙ってれば、だけど。

彼らにコーヒーを出しながら、望月香帆(もちづきかほ)はひそかにそんなことを考える。

「さて、見守りカメラは用意していただけましたか？」

「は、はい。これです」

青藍がおもむろに切り出すと、その日予約が入っていた女性客は、自分のスマホを彼に差し出す。

画面には、彼女の自宅らしきリビングが映し出され、そこには一匹の猫がいた。

ここの新米店主となったばかりの香帆は、内心ドキドキである。

なぜなら、青藍との『猫相談』は、まだ始まったばかりだからだ。

第一章

「本当に、再就職をやめて私の店を継ぐなんて、後悔はないの？　香帆」

病院のベッドで心配げに問う祖母に、その枕許で花瓶に花を生けていた香帆は殊更に明るく振る舞う。

「やだ、まだそんなこと言ってるの？　お祖母ちゃん。もう何度も話し合って決めたことじゃない」

「それはそうなんだけど……」

「そりゃ、長年続けてきた大事な店を任せるのが不安なのはわかるよ？　でも私も頑張るから、お祖母ちゃんはまずゆっくり休んで、身体を治して。ね？」


望月香帆、二十九歳。

高校時代までは実家のある長野県で暮らしていたが、大学から上京し、都内にあるワンルームマンションで一人暮らしを始めた。

『すごく忙しくて困ってるの。バイト代出すから、手伝ってくれると嬉しいわ』

そう祖母に誘われ、大学時代の休みは、ここ鎌倉に住む母方の祖母、美代子が経営する古民家カフェ『小菊茶房』の手伝いを始めた。

だが人手不足は建前で、本当は学費も奨学金で賄い、仕送りをもらわず自活している自分を案じてのことだとわかっていたので、香帆は祖母の優しさに心から感謝していた。

大学時代のアルバイトは、卒業するまでの四年間続けた。

その後、新卒で一応中堅どころの家電メーカーに就職することができたのだが、入社してすぐから過重労働を強いられる職場だった。

営業部に配属され、終電近くまでの残業は当たり前で、朝も早朝出勤を余儀なくされる。

休日出勤も度々あって、同じ年に入社した同期たちは、次々と辞めていった。

それでも、六年勤務し続けた香帆は、長く保った方だと思う。

本当のことを言えば、奨学金の返済があったので、そう簡単には辞めることができなかったという事情もある。

だが、ついに過労で倒れ、緊急入院した時に、このままここにいたら取り返しがつかないことになるかもしれない、と改めて危機感が募った。

幸か不幸か、残業代がすごかったおかげで奨学金も繰り上げ返済でなんとか完済できたので、香帆は悩んだ末、思い切って会社を辞めた。

どの道、こんな過重労働を続けていては、いずれ身体を壊して辞めるしかないとわかっていたから。

それから半年ほどは失業保険をもらいながら、心身の回復にひたすら努めた。

あまりに疲れすぎていて、先のことなどなに一つ考えられなくて、ぼんやりと日々を過ごしていると、祖母から『気が向いたら、また遊びにいらっしゃい。お店の二階に泊まっていいから、好きなだけこっちにいれば？』と連絡があった。

祖母が近所の常連客を主に見込んで経営している『小菊茶房』の古民家は、元々は香帆の母方、三上家の先代が暮らしていた家らしいが、現在祖母は香帆の叔父一家と近所に新築一戸建てを建ててそちらで暮らしている。

有り体に言えば三上家はそれなりの資産家で、『小菊茶房』は祖母の道楽商売のようなところがあり、採算度外視で高級なコーヒー豆を使ったりしていたので、バイトしていた頃の香帆はまた赤字になるんじゃないかとよく心配していた。

祖母が丁寧に淹れてくれる、あのコーヒーが飲みたい。

最初はそんな軽い気持ちで、鎌倉観光でもする軽装で、久しぶりに大好きな祖母の店へ足を向けた。

「やぁ、香帆ちゃん。久しぶり」

「すっかり垢抜けたお嬢さんになったわねぇ」

バイトしていた当時から常連客だった、祖母の友人たちが気さくに声をかけてくれる。

祖母からさりげなく事情を聞いているのか、皆香帆がなぜ平日の昼間からここにいるのか詮索してこない。

香帆がバイトをしていた頃となに一つ変わらない、穏やかな時間がここでは流れていた。

その日も帰りが遅くなったので、閉店後は誰もいなくなる店の二階に泊めてもらった。

だが、夜に一人きりになると、また将来のことや、退職して本当によかったのか、同僚たちに迷惑をかけてしまったのではないか、などと会社のことを考えて、ひどく落ち込んでしまう。

ぼんやり窓の外を眺めていると、ふと庭先に白いものがちらちらと見えることに気づいた。

なんだろう、と目をこらしてみると……。

「公爵（こうしゃく）……？」

それは、祖母が飼っている愛猫の『公爵』だった。

慌てて階下へ降り、庭先へ出るため縁側のガラス戸を開けると、公爵はまるで香帆の出迎えを待っていたかのような優雅な足取りで家へ上がってきた。

「公爵、どうしたの？　お祖母ちゃんはうちにいるんでしょ？」

そう話しかけたが、彼は香帆の呼びかけを無視し、身軽く階段を上っていってしまう。

「もうっ、私に飼ってほしいアピすごかったくせに、どうしてそうツンデレなのかな」

思わず愚痴りながら、香帆は初めて彼と出会った時のことを思い出していた。

公爵は、大学時代の香帆がバイトしていた頃に、ふらりとここの庭先に現れた野良猫だった。

全身、染み一つない純白の毛並みに、右が金、左が鮮やかなコバルトブルーのオッドアイ。

吸い込まれそうな美しい瞳をした、相当な美猫だ。

なので、最初は近所の飼い猫が迷い込んできたと思ったのだが。

「変ね、ご近所さんに聞いてみたけど、飼い主さんが見つからないのよ。すごく毛艶もよくてお手入れされているし、とても野良ちゃんには見えないんだけど」

猫好きな祖母だが、自身が高齢に差しかかっているため、今飼うと最期まで面倒を見てあげられないという理由で家では飼っていなかったのだが、近所にある保護猫センターの助けになればと、店に里親募集の張り紙をしたり、猫を飼いたいというお客がいれば仲介したりと、なにかと彼らを手助けしていた。

近所の飼い猫ではないとわかったが、その後も彼は香帆がバイトに通う土日には、毎回必ずこの庭先を訪れるようになった。

このまま放っておくわけにもいかないから、と祖母が保護猫センターに事情を説明し、保護しようとしたが、なにをやってもなぜか絶対に捕まらない。

そんな人間を尻目に、公爵は優雅な足取りで庭を闊歩し、接客する香帆の後をついて回ったり、日向ぼっこを楽しんだりしているのだ。

「もしかしたら、この子は香帆に飼ってほしいんじゃないかしら？」

ついに万策尽きて、祖母がそんなことを言いだす。

「え？　飼いたいけど、無理だよ。今借りてる部屋はペット禁止だし」

「そうよねぇ……」

香帆も大の猫好きではあったが、今は大学を卒業するのに精一杯の生活だったので、一人暮らしでとても猫を飼う余裕はなかった。

そこで結局、祖母になにかあった時には叔父夫婦が引き継ぐという条件で、根負けした祖母が飼うことになったのだ。

「すごく高貴そうな見た目だから、名前は公爵にしたわ」

猫にしては斬新な名だと思ったが、意外にもこの子にはぴったりに思えた。

こうして、八年ほど前に、公爵は祖母の飼い猫となったのだ。

　ガラス戸を閉め、香帆も二階へ戻ると、公爵は部屋に敷いておいた香帆の布団の足許に丸まって、すでに眠る態勢に入っていた。

「今日は公爵も、こっちに泊まるの？　相変わらず自由だね、きみは」

　触ろうとすると、すぐ逃げられてしまうので、心得ている香帆は公爵の邪魔をしないよう、慎重に自分も布団に入る。

「でも……いてくれて、嬉しい。一人だと、いろいろ考えちゃって眠れないんだ」

　独り言のように、そう呟く。

　公爵は常に孤高で、人間にはあまり心を開いていないようだ。

　撫でたり、抱っこしたりするのを許すのは祖母だけで、香帆もまだ一度も抱かせてもらったことがない。

　辛抱強く話しかけ、多少撫でさせてもらえることはあるのだが、抱っこは何度アタックしてみても、今までことごとくフラれているので、最近ではこうしてそばに寄り添ってくれるだけで涙が出るほど嬉しかった。

　すると、にゃあ、と鳴き声を上げ、公爵が香帆の枕許へとやってくる。

　高く掲げたその白い尻尾の先は、みごとに割れているので、まるで尻尾が二本あるように見えた。

　公爵は生まれつきなのか、尻尾の先が二股に分かれている、めずらしい子だ。

祖母いわく、「尻尾が二股に分かれている子は猫又なのよ」とのことらしいが、香帆には猫又がどういう存在なのかよくわからなかったので、スマホで検索して調べてみた。

猫又。

人家で飼われている猫が長生きし、年を経ると、やがて猫又というあやかしになると言われている、古来からの民間伝承の一種。

猫又になると、不思議な妖力が使えたり、人間に変身したりできるようになるという。

確かに、公爵は出会った時から不思議な子だった。

店は衛生面に気をつけなければならないので、カフェの室内部分には入らないように、と香帆と祖母が説明すると、まるでその言葉を理解したかのように、公爵は厨房(ちゅうぼう)や店内の客席には決して足を踏み入れなかった。

彼の居場所は庭の、一番日当たりのよい場所に置かれている、彼専用椅子の上だ。

いつしか、客は公爵に会いたい場合、庭に降りるというシステムになった。

とはいえ、店に現れるのは気が向いた時だけで、祖母の自宅と店を自由に行き来したり、ふいに何日も姿を見せなくなったかと思うと、突然帰ってきたりする。

一応祖母に飼われているという身の上ではあるが、公爵は相変わらずかなり自由に振る舞っているというわけだ。

「……公爵って、もしかして、本物の猫又だったりする？」

そう話しかけてみるが、公爵は『つまらないことを言わずに、さっさと寝なさい』とでも言いたげな一瞥をくれ、丸まってしまう。

またもや冷たくあしらわれてしまったが、公爵は香帆が落ち込んでいる時は、いつもこうしてそばにいてくれる。

それだけでほっとして、香帆はいつのまにか眠りに落ちていったのだった。

こうして、就職して以来、初めて時間ができたので、最初は無理のない程度に店の手伝いをさせてもらい、徐々に鎌倉の祖母のところに足繁く通うようになっていった。

鎌倉は海と山に囲まれた、風光明媚な土地だ。

香帆は幼い頃から、母に連れられて来た鎌倉が大好きだった。

時間がある時は、近所をひたすら散歩して体力の回復に努める。

そんな生活を続け、三ヶ月ほど経った時のことだ。

祖母の美代子が、突然店で倒れたのは。

祖母は以前から心臓に持病があり、無理はしないよう医師に言われていたのだが、ついに狭心症を起こしたのだ。

香帆が店にいて、すぐに救急車を呼ぶことができたおかげで、幸い命に別状はなかった。

だが、しばらく入院が必要になり、家族会議の末、これを機に店を閉めた方がいいという話になった。

元々、祖母の道楽で始めた店だ。

すると、祖母は「もし香帆が継ぐ気があるなら、あなたに後を任せたいのだけれど」と言いだした。

気力と体力を取り戻し、次の就職先が見つかるまでの繋ぎとして手伝っていたつもりの香帆は、その申し出に驚いたが、祖母は真剣だった。

「ほかの人には任せられないけれど、香帆ならあの店を任せられる。よかったら、考えてみてちょうだい」

恐らく、それは会社勤めで身体を壊し、退職を余儀なくされた香帆の将来を案じてのことだろう。

近所の常連客たちも、あの店がなくなったら寂しいだろうし、香帆自身にも思い出が詰まった大切な場所だ。

――でも、素人の私にカフェ経営なんてできるのかな……?

まったく予期していなかった、人生の方向転換。

右も左もわからぬ世界へ身一つで飛び込むのにはかなり勇気が必要だったが、祖母の気持ちがありがたかったので、香帆は悩んだ末に思い切ってその申し出を受けることにしたのだ。

「さてと！　これでひと通りは片づいたかな」

最後に崩した段ボールを紐でまとめて庭に出すと、香帆は引っ越しの後片づけを終え、ようやく遅い夕食にすることにした。

東京で借りていた部屋を解約し、ついに本格的に鎌倉に移住を果たして、なんだかワクワクしている。

『なにかと便利だし、家賃はいらないから店の二階に住みなさい』と言ってくれた祖母には、心から感謝していた。

なにせ築八十年超えの木造住宅であちこちガタはきているのだが、祖母が十年ほど前に水回りのリフォームをしてくれたおかげで、キッチンや風呂などは新しくなっているので生活するにもさほど不自由はなさそうだ。

遅い時間だったので、一応ありあわせのカップ麺で引っ越しそばの代用にし、よく働いたご褒美に缶ビールを開ける。

気力と体力も、大分回復してきたようで、引っ越しの疲れもさほど感じない。

そっと一人祝杯を挙げると、どこから入ったのか、二階に上がってきた公爵が姿を見せた。

「新生活に、乾杯」

「これから、ずっとこっちに住むよ。よろしく、公爵。店の看板猫として、どんどんお客さんを招いてね！」

店を任され、心機一転。

制服というほどではないが、シャツに黒のパンツ、その上に店の雰囲気に合わせた和風カフェエプロンというスタイルに落ち着いた。

衛生面もあるので、肩口まで伸ばした髪はヘアクリップでまとめている。

本当なら、きっちりと後ろで一つに結んだり、ヘアアレンジをしたいところなのだが、悲しいかな香帆は髪を結うのが苦手なのでヘアクリップに頼っているのだ。

飲食店用ユニフォームを扱う通販で購入した制服は男女兼用なので、将来的にアルバイトを雇えるようになったら、お揃い（そろ）にする予定だ。

講習を受け、無事に食品衛生責任者の資格も取得したので、晴れて店を営業できるようになった。

こうして、一応希望に満ちた香帆の新生活は始まった。

はずだったのだが……。

カフェ経営のことを猛勉強し、背水の陣で望んだ香帆だったが、当初から経営は思わしくなかった。

最初は祖母の友人たちが気の毒がって、入れ替わり立ち替わり顔を出してくれたりしたのだが、やはり香帆では祖母と同じような話し相手として不足だったのか、次第に足が遠のいてしまった。

当面赤字はやむを得ないと覚悟していたが、客の入りはあまりよくなくて、日々収入よりも経費ばかりが積み重なっていく。

元々この店は、裕福な美代子がほぼ趣味&持ち出しでなんとか経営を続けていた事情があったのだが、とはいえ香帆がこの先生きていくには、それなりに利益を出さなければ生活が成り立たない。

美代子が経営していた頃の『小菊茶房』は、彼女が丁寧に炊いた小豆(あずき)から作るあんこの和風スイーツが売りだった。

特に人気があったのは、クリームあんみつや善哉(ぜんざい)で、それに合わせた日本茶や抹茶など、多彩な和風メニューで賑わっていた。

コーヒー豆にも、相当こだわっている。

今まで使っていた茶葉や小豆などの原材料も、かなり高級なものを使用していたので、グレードを下げることも考えたのだが、味が落ちるとさらに常連客たちも来なくなってしまう恐れがある。

これを祖母に相談すると、小豆は自分が炊いたものを使ってほしいとの希望だったので、あんこに関しては今まで通り自宅で祖母に作ってもらったものを使うことになった。

悩んだ末、茶葉やコーヒー豆も当面今までと同じものを使うことにする。

だが、これからは多少利益を出していかなければ長く店を続けることはできない。

そのジレンマに、新米店主の香帆は悩んだ。

駅から少し距離がある、奥まった住宅街にあるので、観光客が立ち寄る立地でもなく、祖母時代の常連客の数が減って店は閑散としている。

新規客獲得と経費削減効果を狙い、思い切って従来のフードメニュー数を絞り、日本茶も種類を減らす代わりに、紅茶やハーブティーなどほかのドリンクメニューを増やして対応した。

ランチもサンドイッチやカレーなど日替わり二種類限定にしたりと、できる努力はいろいろしてみた。

宣伝が足りないのかと、ＳＮＳで店のアカウントを作り、日々メニューなどの画像をアップしたりと頑張ってはみたのだが、反応はほとんどなし。

「はぁ……疲れたぁ……」

この日も深夜まで店のキッチンで新メニューをあれこれ試作していて、疲れ果てた香帆は夕飯も食べずにシャワーだけ浴びて布団に倒れ込む。

「……やっぱり私には、カフェ経営なんて無理だったのかなぁ……」

不安が募り、ついそんな弱音が口を衝いて出てしまう。

香帆がオーナーになって、約三ヶ月。

現在は赤字分を香帆の貯金から補塡して、なんとかやりくりしている状況だ。

家賃がかからないだけ、それでもかなり恵まれているのだが。

OL時代、必死に節約し、コツコツと貯めてきた給料と退職金は、新装開店準備とこの三ヶ月の経費で底を尽きつつある。

奨学金の返済があったのでそう多くは貯金できなかったせいもあるのだが、このままでは、さすがにまずい。

疲労困憊(ひろうこんぱい)だったがなんとなく寝つけずにいると、音もなく公爵が入ってくる。

香帆が店の二階に住み始めてから、公爵はなぜか祖母の自宅にはほとんど戻らず、ずっとこちらで生活している。

かといって、香帆に懐くわけでもなく、相変わらずの塩対応なのだが、それでも公爵がそばにいてくれるだけで心強かった。

「……公爵、いったいどうしたら、お客さんが来てくれると思う?」

思わず相談してしまうが、『そんなこと、自分で考えろ』と言いたげに彼に睥睨(へいげい)され、香帆はため息をつく。

そして勢いよく跳ね起きると、その場に正座し、両手を合わせて天を仰(あお)いだ。

「神様仏様、もう願いを叶(かな)えてくれるなら、どなたでもいいですっ! どうか、お店が繁盛しますように……! お祖母ちゃんが愛した大事なこのお店が、一日でも長く続けられますように……!」

一心不乱に祈る香帆を、布団の傍らに姿勢よく座った公爵が、じっと見つめている。

「……なんて、ね。藁(わら)にも縋(すが)る思いって、こういうのを言うのかな。……もう寝よっと。おやすみ、公爵」

自分でも馬鹿らしくなってきて、照れ隠しに電気を消そうとすると。

「私に、救いの手を差し伸べてほしいのですね?」

「……え?」

今、耳許で男性の声が聞こえたような気がして、香帆は思わず振り返るが、当然ながらそこには猫の公爵以外誰もいるはずがない。

「……おかしいな。テレビ点いてないよね？」

一応怖々と部屋の外を確認してみるが、人がいる気配はない。

戸締まりはちゃんとしたはずなのだが、女性の一人暮らしなのに、もし強盗でも入られたらどうしよう、と想像しただけで背筋がぞっとする。

すると。

「私ですよ。あなたは相変わらず、なにをするにも粗忽ですね」

足許から再び声がして、見るとそこにはやはり公爵の姿があった。

「……え？　え？　もしかして今のって、公爵が喋ったの⁉」

つい本猫に確認してしまうが、いや、まさかそんなはずはないと、現実と常識の狭間で板挟みになる香帆だ。

「ええ。とはいえ、直接あなたの脳内に語りかけているので、ほかの人間には聞こえませんよ」

見ると、公爵は口を閉じたままなので、実際に発音しているわけではないらしい。

テレパシー？　ともなると、ますます自分がどうかしてしまったのではないかと香帆は不安に陥った。

「ちょっと待った……そりゃあ前の会社でゴリゴリにダメージ受けたけど、まさか幻聴聞こえ始めた……？」

ぶつぶつと独り言を呟いていると、焦れた様子で公爵が続ける。

「まずは私の話を心して聞きなさい。私の真の姿は猫神。……まぁ、といっても現状はまだ猫又の身で、猫神見習いということになるのですが」

「猫又……？　猫神……？？」

猫と会話が成立している現実を、ようやく香帆は受け入れざるを得なくなる。

祖母の飼い猫が、突然人間の言葉を話すなんて。

混乱する彼女に、自称・猫又の公爵は滔々と説明を始める。

思わず布団の上に正座し、彼の話に耳を傾け、要約するとこうだ。

なんと、すでに数百年以上生きているという公爵は、現在は猫又と呼ばれるあやかしの存在で、猫又から猫神に昇格するには善行を積まなければならず、それには一匹でも多くの猫をしあわせに導く必要があるのだという。

「え、猫又って、妖怪……だよね？　どうしてそんなあやかしっていうか、神様見習いがうちの飼い猫やってるの？」

至極当然な疑問をぶつけてみたが、公爵はなぜかいったん沈黙し、「美代子さんが気に入ったからです」と答えた。

美代子というのは祖母の名である。

昔から人望が厚く、誰からも好かれる人だったが、まさかあやかしにまで好かれてたなんて。

「美代子さんが健康上の理由から、店を閉めようとしているのはうすうす察していました。なにも知らない経営の素人のあなたが後を継ぐのを案じていましたが、予想通りの展開でしたね」

「……それに関しては、返す言葉もありません」

と、香帆は面目が立たなくて、ひたすら身を縮めるしかない。

「美代子さんには世話になった恩がありますからね。この私が、一肌脱ぎましょう」

「ど、どうすればいいの⁉」

藁にも縋る思いで思わず詰め寄ってしまうと、公爵はご自慢の尻尾を優雅に掲げ、言った。

「ゆえに、ここを猫がしあわせになるならなんでもありの、猫相談の場とします」

「猫相談？？」

彼がなにを言い出したのかさっぱり理解できず、香帆は首を捻ってしまう。

「店の経営に困っているのでは？　ならば、なにか他店とは違う、話題になる個性でアピールしていかないと。美代子さんから引き継いだ大切な店を、潰したくはないでしょう？　このままでは、一年保ちませんよ？」

「それは、その通りだけど……」

今のままでは、さすがにまずい。

それはいやというほど、香帆にもわかっていた。

「なに、私の言うことを聞いていれば、すぐに客が押し寄せるようになりますよ」

と、公爵は自信満々に豪語する。

「私も猫神への道が近づくし、あなたは店がうまくいく、まさに一石二鳥でしょう。利害は一致しています」

「でも……猫相談って、なにをどうするの？」

「まぁ、お聞きなさい。まずは飼い猫のことで悩んでいる飼い主からの相談や、とにかく猫関係の相談ならなんでも乗る、猫の言葉を人間に通訳できる相談役を店に置くのです」

「そ、そんなことできる人がいるの⁉」

飼っている猫と、言葉で意思疎通できたら。

それは猫を飼った経験のある者なら、一度は考えたことがある夢だろう。

まさかそれを現実にできるなんて、と香帆は驚くが、現に今こうして自分が公爵と会話しているので真実味がある。

「それだけではありません。世の猫たちすべてをしあわせに導くのが、私の務めです」

具体的にはどうするのか尋ねてみると、相談者に飼い猫がいるなら、まずその子から話を聞いて悩み事を解決に導くと言う。

「なるほど。猫の言葉がわかるなら、その子の意思も確認できるよね」

「ですが、私が人前で表立って話すのは少々都合が悪いので、店には人間の相談役を置きます。やんごとなきお方なので、くれぐれも丁重に扱うように」

「え⁉ その人もあやかし⁉ 私、あやかしと一緒に働くの⁉」

「あくまで相談役です。こき使ったりしたら許しませんよ？ 報酬として……そうですね、彼は甘味が好きなので、店のメニューをなにか出して差し上げてください。今長々と説明するより、実践してみせた方が早いでしょう。ホームページで宣伝して、さっそく相談客の予約を取るように」

「ちょ、ちょっと、公爵⁉」

ご自慢の尻尾をゆらりと立て、立ち去ろうとした公爵は最後に香帆を振り返る。

「……ずっと、あなたに言いたかったのですが、今までよく頑張りました。前の会社を退職したことを気に病む必要はありません」

「え……？」

ずっと心に引っかかっていたことを指摘され、香帆は内心ドキリとする。

「安心なさい、あなたの人生はまだ始まったばかりです。道を間違えたと気づいたなら、人生はいつでも何度でも修正が利くものなのですよ」

言いたいことだけ一方的に告げ、公爵はまた気まぐれに階段を降り、出ていってしまった。

「待ってよ、情報量多すぎでしょ……」

こっちはまだ、昔から知っている祖母の飼い猫が猫又だと知ったばかりで、その衝撃から立ち直れてすらいないというのに。

「猫と人間の縁を結ぶ、かぁ……」

果たしてそんなことが、本当に可能なのだろうか……？

猫と人間の通訳ができる、あやかし？

香帆はまだ、半信半疑だった。


こうして、なりゆきとはいえ、とりあえず公爵提案の『猫相談』がスタートすることとなった。

まずは公爵の指示通り、店の張り紙やＳＮＳ、ホームページなどで大々的に「よろず猫相談始めました」と宣伝すると、興味本位の客がちらほら予約を入れてくるようになった。

まんまと公爵に言いくるめられてしまった気がするが、本当にうまくいくのか、と案じる香帆を尻目に、最初の客の予約当日。

店のドアに設置したカウベルが鳴り、和服姿の青年が入ってくる。

「いらっしゃいま……」

いつも通り挨拶しようと顔を上げ、香帆は言葉を失う。

上質な藍色の着流しに、羽織。

足許は雪駄。

首にはカシミアのストールを巻いたその出で立ちは、どこかの老舗の若旦那といった風情である。

百八十センチはありそうな長身の男性は、見たところ二十代後半くらいの年頃だ。

なにより目を引いたのは、その光輝く銀色の髪と美しい金と碧玉の瞳だった。

オッドアイの人間は、かなりめずらしい。

それだけでなく、全体的にひどく雰囲気があり、擦れ違う人が振り返るほどの美形で、現にその時店にいた若い女性客二人連れが、彼を見てソワソワし始める。

――あ、公爵の瞳の色と同じだ。

まず最初に、それに気づく。

背中まで伸ばされ、束ねられた銀髪は染めているのだろうが、目もカラーコンタクトなのだろうか？

ビジュアル系バンド等をやっているようにも見えないけど、なぜに和装？

ひょっとして店の雰囲気に合わせてくれているのだろうか……などと考えているうちに、男性は香帆の前に立つ。

「初めまして、公爵の頼みで参りました。下にも置かぬ扱いをするように」

と開口一番、のっけからかなり偉そうだ。

「よ、よろしくお願いします。望月香帆と申します。あの……なんとお呼びすれば？」

挨拶しても、いつまで経っても相手が名乗らないのでそう問うと、彼は顎に拳を当て、しばし考える。

そんな些細(ささい)な所作さえ、美形はいちいち様になるのがすごい。

「では、佐藤(さとう)と。この国で一番多い名字らしいので」

「……それ、あからさまに偽名ですよね？」

そう突っ込むと、彼は「やれやれ、人間という生き物はいちいち面倒ですね」と嘆息してみせた。

「では、青藍とお呼びください」

青藍とは、青を表す言葉だ。

彼の宝石のように美しい碧玉の瞳を見て、誰かが名づけたのかな、と香帆は思った。

「素敵なお名前ですね」

そう褒めると、青藍はやや意外そうな顔をしたが、満更でもなさそうだ。

「それで、公爵のお知り合いってことは……青藍さんもその……あやかしの方なんですよね？　具体的にはどんな感じの……？」

一番気になることを、聞いてみるが。

「その辺に関しては、ノーコメントということで」

さらりと躱し、青藍は羽織の裾を払って優雅に店の奥の席に着く。

相談役となるなら、せめてまず事前に面接くらい必要だろうと公爵にも主張したのだが、

「この私の紹介なのですから、無用な心配はしないように」とけんもほろろに却下されてしまったので、彼とはこれが初対面だ。

「あの……公爵からどう聞いてるかわかりませんけど、うち、経営苦しくて時給も満足にお支払いできないと思うので、ご迷惑でしたら遠慮なく断ってくださっても……」

暗に探りを入れてみると、青藍はこともなげに、「金なら腐るほどあるので、不要です」と答えた。

――一生に一回でいいから、言ってみたいセリフ……っ！

「は、はは……羨ましいです。もしかして、徳川埋蔵金のありかを知ってるとか？」

冗談でそう言ってみたのだが、青藍に「まぁ、そんなところです」とあっさり肯定されてしまったので、今度は香帆の方が真顔になる。

その場所、詳しく教えていただくわけにはいかないでしょうか……⁉

　心の声を抑えるべく葛藤していると、青藍は涼やかな美貌を上げ、じっと香帆を見つめた。

「まぁ、あなたが初対面で、なおかつ得体の知れないあやかしを信用できないお気持ちも理解できます。とりあえず、今日の相談の様子を見学してから判断するということで、いかがですか?」

「は、はぁ……」

「さぁ、そろそろ時間ですね。さっそく相談を始めましょう。予約の方をお呼びくださ い」

「わ、わかりました」

　さすがに来てもらってなにもさせずに追い返すわけにもいかないので、香帆も困惑しながらそれに同意した。


　相談料は当面無料としたが、一件二十分以内でワンドリンク・ワンフード制。

　時間がかかりそうな手の込んだ相談の場合は、別途経費等請求する旨をホームページに記載した。

本来、猫関係の相談なので、本猫を連れてくるのが一番なのだが、猫は自宅から離れるのをいやがる生き物なので、苦肉の策として自宅に見守りカメラなどを設置していて、遠隔操作で猫と会話できるようになっている人限定と条件をつけさせてもらうことにした。

周囲の客に相談内容が聞こえないようにとの配慮から、店内から離れた庭の一角にある、小さな四阿に相談専用席をセットした。

ここなら相談客も安心して話せるだろう。

店のホームページから予約を入れてくれた、記念すべき最初の客は、いわゆる興味半分冷やかし半分の若い女性客だった。

「うちのムギが、最近ご機嫌斜めで困ってるんです。どうしたらいいですか？」

子猫の頃に知人から譲り受けた、現在八歳になる雌のスコティッシュ・フォールドを家族全員で可愛（かわい）がっているらしい。

「私、子どもの頃からムギと話せたらいいなってずっと思ってきたんです。あの、本当に猫と話せるんですか⁉」

「では、まずムギさんとお話しをさせていただけますか？」

「は〜い」

女性客は急いでスマホを取り出し、見守りカメラの自宅映像を映し出す。

画面ではリビングらしき場所で、優雅に寝そべっているムギの姿があった。

「この子が、うちのムギです」

すると、スマホ越しにムギと対峙(たいじ)した青藍が、いきなり鳴き声を上げた。

それはまるで本物の猫の声そっくりで、香帆と女性客は驚きのあまり思わず顔を見合わせてしまう。

すると、それまでカメラに見向きもしなかったムギが飛び上がり、カメラに向かって必死ににゃごにゃご、と話しだす。

その光景は、まるで社長に初めて遭遇し、緊張しながら挨拶する新入社員のようだ。

女性客はかなり面食らっているらしく、青藍を凝視しているが、当の本人は至極真面目(まじめ)に、ムギとの対話を続けていた。

「……最近、家族が増えたようですね？　増えたというか、戻ったというか」

「あ、そうです。大学を卒業した兄が、実家に戻ってきてまた同居を始めたばかりです」

そう答えながら、女性客の表情が「どうしてわかったのか」と驚きに満ちていた。

「そのお兄様が、恋人の家によく遊びに行かれているのですが、彼女が飼っている猫の毛を全身につけて帰ってくるのが気に入らないそうです。どうやら彼女の家の猫と相性がよくないようですね」

「ええっ！　そうなんだ！　確かに兄の彼女は猫飼ってます！」

「対策としては、お兄様がお帰りになられた際、粘着テープでよく全身についた毛を取ってから家に上がるようにすればよろしいかと。それでムギさんのご機嫌は改善されるでしょう」

「すっご〜い！　ホントに猫と話せるんですね！」

状況が改善しない場合はまた連絡を、と青藍がつけ加えると、女性客はハイテンションで「私、ホントはぜんぜん信じてなかったんですよね。でもすごい当たってたし、お礼にSNSで宣伝しておきますから！」と宣った。

「よ、よろしくお願いします」

正直で悪気がない女性客が上機嫌で帰っていくと、青藍は着物の袖口に両手を差し入れて腕組みし、嘆息する。

「やれやれ、これだから人間に関わるのはいやなのです」

「ほ、本当に猫の言葉がわかるんですね……青藍さんも、その……猫又とか、猫系のあやかしなんですか？」

思わず聞いてしまってから、彼に無言で凝視され、「あ、すみません、ノーコメントでしたね……」とすごすご引き下がる。

「それで、どうしますか？　取り立てて特徴も個性もないこの店に客を集めるには、私の力が必要だと納得されましたか？」

「……公爵も大概だけど、青藍さんもけっこう毒舌ですよね」

そこでふと、香帆は庭を見回す。

「あれ、そういえば公爵いないな……いつもこの時間は庭で日向ぼっこしてるのに」

思わずそう呟くと、なぜか青藍が少し慌てた様子で強引に話題を変える。

「とにかく！　大恩のある公爵の頼みですので、いやとは言えません。私にできることは手伝いましょう。報酬は公爵の言う通り、出勤日になにか人間の食事をさせていただければ、それでけっこうです。それと、公爵を下にも置かぬ扱いをするように」

「は、はぁ……わかりました」


と、そんなわけで、公爵と青藍に半ば強引に押し切られる形で、本格的に猫相談が始まった。

記念すべき最初のお客は、よほど感心したのか、自身のＳＮＳでカフェと青藍のことを宣伝してくれて、そのフォロワー数がそこそこ多かったので、その後問い合わせが何件も来た。

そうして口コミで予約が入り、猫の言葉がわかるという点とその並外れた美貌で、青藍は女性客たちの間で早くも話題になりつつあった。

相談に来た客たちはこぞってＳＮＳで拡散し、『小菊茶房』が猫と話せる相談役がいるカフェとして知られるようになるのに、そう時間はかからなかった。

最近では、ほぼ毎日数件は相談予約が入るようになり、青藍は連日店に通っている。

甘味が好きと聞いたので、最初恐る恐るフルーツ山盛りの特製クリームあんみつを出してみたところ、いたく気に入ったらしく、毎回それを所望されている。

最初は、疑う客七割、興味本位で来店する客が三割くらい。

だが、青藍が毎回飼い猫の気持ちをずばりと言い当てるので、本当に猫の言葉がわかるとさらに評判になっていった。

——お客さんが増えたのは嬉しいけど……これで本当にいいのかな？

公爵にまんまと利用されているが、これでいいのかと思いつつ、口コミで徐々に客も増え、喫茶の売り上げも上がってきている。

青藍は相談予約が入ると現れ、終わると香帆がお礼に出す甘味を食べて帰っていく。

暇な時は日がな一日、庭で日向ぼっこしていることもある。

その風格たるや、すでにカフェの主だ。

そして、不思議なことに青藍がいると、公爵はまったく店に姿を見せないのだった。

「噂、聞きましたよ、香帆さん。なんか面白そうなこと始めたらしいですね！」

ランチを食べに来た、と立ち寄ってくれた美智也（みちや）が、カウンターから身を乗り出す。

美智也は祖母が元気だった頃、店でバイトをしていた青年だ。

当時は高校生だったが、今は大学生で鎌倉の実家から横浜（よこはま）まで通学している。

さらにボランティア活動にも熱心で、祖母の紹介で近くにある保護猫センターにも通っているらしい。

よく店に出入りしていた香帆とも顔見知りなので、年は離れているがなんでも気軽に話せる間柄なのだ。

「うまくいくかどうか、まだ未知数なんだけどね」

と、香帆は猫関係のよろず相談を始めたことを簡単に説明する。

「へぇ、いいじゃないですか。うちの保護猫センターでも、里親さんが増えるのは大歓迎なんで！」

「でも、ちょっと忙しくなってきちゃって。バイト募集かけようかなって思ってるとこ」

そうなのだ。

お客が増え、相談予約が入るのはありがたいのだが、相談中は香帆も同席することが多いので注文を取ったり、調理をしたりすることができなくなる。

なので、相談が入っている間、店を回してくれるアルバイトを一人雇おうかと考えていたのだ。

「え、マジすか？　そしたら、俺、立候補しちゃおうかな」

「え、美智也くんが？　ありがたいけど、大学と保護猫センターのボランティアで忙しいでしょ？」

「大丈夫っすよ。俺、就職もう決まってるから就職活動もしなくていいし、人手欲しい時声かけてもらえば、手伝いに来ます」

「わ〜、助かる！　ありがとう」

高校時代、ここでアルバイトしていた経験のある彼が助っ人に入ってくれるなら、仕事を教える手間もないので大助かりだ。

「青藍さん、めっちゃイケメンですね。ビジュアル系占い師とかなんすか？」

屈託なく美智也にそう声をかけられ、予約客を待っていた青藍は『この無礼者めが』とでも言いたげな表情で美智也を睥睨した後、その問いを無視する。

「あれ、俺嫌われちゃった？　ま、これからよろしくです！　んじゃ、公爵によろしく。また来ますね」

「うん、バイトの件、よろしくね」

ランチの特製キーマカレーを平らげ、保護猫センターへ戻っていく美智也を見送ってから、香帆は手早くいつものメニューを用意して青藍の席まで運んでやる。

「はい、どうぞ。今日すごく甘くておいしい苺が手に入ったんで、大盛りにしておきましたよ」

特別に苺をてんこ盛りにサービスした、フルーツクリームあんみつを出してやる。

が、今は予約がなく、空いた時間は店内の席にいた青藍は、いつものようにそれを平らげた後、なぜか眉間に皺を寄せ、依然として不機嫌そうだ。

「あれ、違うメニューがよかったですか？」

「……今の青年は、またここで働くのですか？」

「美智也くんのことですか？　ってか、彼が前にここでバイトしてたの、どうして知ってるんです？」

「……公爵から、聞いたので」

公爵は香帆のバイト時代からここに出入りしていて、美智也のことも知っているので、香帆は納得した。

そんなやりとりをしていると。

「あの……すみません」

近くの席にいた若い女性が、恐る恐る二人に声をかけてきた。

「はい」

二十六、七歳くらいだろうか。
ストレートの黒髪を背中まで伸ばした、大人しそうな女性だ。

てっきり水か追加オーダーだと、身軽く対応しようとすると、彼女は恐縮した様子で言った。

「あの……猫ちゃん関係の相談ができるって、聞いたんですけど……予約お願いしてもいいでしょうか？」

「あ、猫相談の方ですね」

いつ予約を入れたらいいか、と青藍に確認しようとすると、彼は優雅な所作で店の外のテラス席を指し示す。

「かまいませんよ。今、暇なので、あなたさえお時間あるなら伺いましょう」

「……急に、いいんですか？」

そう言いつつも、彼女はほっとした様子で立ち上がった。

――へぇ、青藍さんがやる気出してる。めずらしいな。

飛び込みの客を、その場で受けるなんて初めてのことだ。

幸い、ランチタイムも終わって客も疎（まば）らな時間帯だったので、香帆も青藍と彼女と共に、店内を出て庭にある猫相談専用席へと移動する。

「私の場合は、猫の相談というか……その、どっちかっていうと恋人のことなんですけど

「……」

と、改めて二人と対面し、西野美月と名乗ったその女性は、そこで言い淀む。

「亮輔さんとは結婚の話が出ていて……それで、具体的な話になってきたんですけど、私が飼っている苺を実家に飼ってもらえ、そうしたらすぐに結婚するって言うんです」

そうして、彼女は訥々と語り出した。

大学卒業後、横浜にある大手自動車メーカーに就職した美月は、『小菊茶房』近くにある実家の一戸建てで、両親と兄、それに愛猫の苺と暮らしているらしい。

出社する際、最寄り駅を利用しているので、この辺りはよく通るらしく、たまたま店の張り紙を見かけたのだという。

苺は一年ほど前に近くの野原で保護した子猫で、死にかけていたところを美月が必死に看病して助けた子だった。

「すごく可愛い子なんですよ」

と、美月は嬉しそうにスマホの画面を二人に見せる。

その見守りカメラからの映像には、キジトラ柄の雑種の雌が床の上に寝そべっている姿が映っていた。

「会社でつらいことがあったりした時も、苺がいてくれたおかげで今まで乗り越えてこられたんです。もう苺のいない生活なんて、考えられない……」

もはや、美月にとって苺はなくてはならない存在なのだ。

「でも、同じ頃から亮輔さんとお付き合いすることになって……」

詳しく話を聞くと、同じ会社に勤めている恋人の亮輔（三十歳）とはそろそろ結婚の話も出ているのだが、亮輔は苺と暮らすことに難色を示しているらしいのだ。

「苺はそのまま、うちの実家で飼ってもらえばいいって言うんです。亮輔さんは結婚と同時に、彼のご両親と同居してほしいって言っていて……」

「それは……つらいですよね。苺ちゃんは美月さんにとって家族同然なんだし」

聞けば、彼や家族には特にアレルギー等があるわけでもなく、なぜ猫を連れていってはいけないのか、明確な理由は言わないらしい。

婚約者の愛猫を理由もなく切り捨てようとするなんて、と、この時点ですでに猫好きな香帆の亮輔に対する印象はかなり悪くなりつつあった。

「もちろん、私は苺と離れたくありません。でも、だからといって亮輔さんと別れるっていう決断もできなくて……私、いったいどうしたらいいんでしょうか……？」

ここで相談しようと決めるまで、相当悩んできたのだろう。

思い詰めた表情の美月に、青藍が「まずは苺さんと話してみましょう」と告げた。

「あ、亮輔さんが言ったことは、苺には内緒にしてくださいね!?」

もちろん、亮輔は苺がいるので美月の家を訪れたことはなく、苺は自分が原因で二人がモメていることは知らないらしい。

もしそれを知ってしまったら、どんなに苺が悲しむだろうという美月の気持ちも理解できた。

「わかりました」

青藍が、いつも通り猫語で苺に話しかけている間、香帆と美月はその様子を固唾を呑んで見守る。

「ど、どうでした?」

苺との会話を終えると、青藍はおもむろにこう尋ねた。

「美月さんは、裕福だが傲慢で人の意見を聞かない男性と、平凡だが相手の話に耳を傾けて協力していこうとする男性と、どちらと一生を共にしたいですか?」

「え? えっと……」

――なに、その質問? 唐突すぎない?

美月も困惑しているのがわかるので、傍らで聞いている香帆は気が気ではない。

「そうですね…… 相手の性格や本質すべてがわからないから、現段階では選べないと思います」

と、美月は真面目に答えている。

「そうですか。では、その答えはまた後日伺いますので、よく考えておくように」

偉そうに言い置き、青藍は「今日はこの辺で」と立ち上がる。

「え、もう終わり?」

その宣言に香帆が慌てるが、青藍は「ああ、機会があったら、一度この店に亮輔さんを連れてくるとよいでしょう」と、そのままあっさり店を出ていってしまった。

後に取り残された香帆は、気まずいことこの上ない。

「……なんか、なにもお力になれなくてすみません。あの様子だと、きっと一度の相談ではまだ解決できないいんだと思います」

美月に申し訳なくて、香帆は必死にそうフォローする。

「いえ、私も今まで誰にも相談できなかったので、今日お二人に話を聞いてもらえただけで、ちょっとスッキリしました」

美月はそう笑顔で言い、「一度は苺に会わせようと思ってたので、亮輔さんをうちに連れてきます。その時、偶然を装ってここにも寄りますね」と約束して帰っていった。

「……ってことがあってさ～。公爵はどう思う?」

熱心に毛づくろいしている公爵に、自分用の冷凍パスタを電子レンジにセットし、スタートボタンを押した香帆は話しかける。

「なにやら、言いたいことがありそうですね」

「う～ん……人の恋路にとやかく言うのは野暮だってわかってるんだけど、なんだか結婚したら、美月さんが苦労しそうで……」

と、香帆は思わず本音を口にする。

「まぁ、話を聞く限り、そこは同感ですね」

「でしょ? 公爵もそう思うよね」

意見が一致したところで、電子レンジがチンと鳴り、香帆はテーブルの上にパスタを運んで両手を合わせた。

「はぁ、おなか空いた。いただきます」

「また冷凍食品ですか。少しは野菜も摂るように」

「今日も忙しかったんだもん。お母さんみたいなこと言わないでよ～」

店で一日中厨房に立っているので、家にいる時には自分のために料理する気になかなかなれない。

せめてもの免罪符に、冷蔵庫からパックの野菜ジュースを取り出すと、公爵はやれやれ、といった表情で自分もカリカリを食べ始めた。

公爵の夕飯であるカリカリは、もうとっくに皿によそってあるのだが、彼は香帆が夕飯を摂る時まで決してそれを食べないのだ。

どうやら夕食は香帆と一緒に食べると決めているようだ。

普段ツンツンのくせに、たまにこういう可愛らしいことをするので、香帆は彼にメロメロなのだ。

香帆に正体を明かしたことで、気を遣わず楽なのか、あれ以来公爵は祖母の自宅には戻らず、ずっとここで暮らしている。

香帆の方も、長年よく見知っている彼がいきなり猫又だと言われても、でも公爵は公爵だし、というスタンスなので対応はなにも変わらない。

かくして、奇妙な一人と一匹の同居生活は表面上は穏やかに過ぎていった。

とはいえ、「今まで普通の猫のふりをしてきましたが、この先もあなたに下の世話をされるのは不本意ですので」と、公爵はどうやっているのか猫トイレをいつのまにか綺麗(きれい)に掃除して、香帆にやらせなくなった。

普通の猫のように毛玉を吐いたりもしない。

そんなところで猫又の妖力を使うのもどうかと思うのだが、それも公爵のプライドらしいので好きにさせることにした。

本来なら食事も摂らなくても平気らしいが、嗜好品として気に入っているからと、夕飯のカリカリやたまのおやつの鶏ささみなどは所望されるので、献上させていただいている。

「まぁ、青藍のすることに間違いはありません。彼に任せておけば大丈夫です」

「公爵って、ずいぶん青藍さんのこと信頼してるんだね」

宝石のような、美しい金と青のオッドアイ。

その雰囲気から口調、なにからなにまで、青藍は公爵に似ているところが気にかかる。

「あのさ……どうして青藍さんが店にいる時、公爵はいつもいないわけ？　二人が揃ったとこ、一度も見たことないんだけど」

ずっと気になっていたことを聞いてみると、すっかりカリカリを平らげた公爵がチラリとこちらを見る。

「べつに。ただの偶然でしょう」

「ホントに？　……もしかして、青藍さんって実は公爵だったりする？？」

「は？　いったいなんの話です？　寝言は寝てから言うように」

恐る恐る確認しても、公爵には一刀両断されてしまう。

――まぁ、そんなこと、あるわけないか……。

いくら猫又とはいえ、ああもみごとに人間の姿に変身できるとも思えない。

だが、青藍もなんらかのあやかしではあるんだよなぁ、などと考えていると、公爵がふいに頭をもたげ、二階の出窓に飛び乗って窓の外を凝視し始めた。

「どうしたの？」

その問いには答えず、公爵は身軽く部屋を飛び出し、階段を駆け下りていく。

「ちょっと、待ってよ！」

どこへ行くのかと、慌てて後を追うと、公爵が真っ暗な庭に降りていき、香帆もサンダルをつっかける。

が、暗くて危ないので、手にしていたスマホのライトで周囲を照らしてみるが、公爵の姿はない。

「公爵、どこ？」

するとガサガサと草むらが揺れ、ややあって公爵が顔を覗かせた。

「侵入者を、見つけました」

「え……？」

草むらから、公爵が首の後ろを咥えて白い毛並みの子猫をぶら下げ、戻ってくる。

「わぁ、可愛い子だね。まだ一歳くらいかな？」

猫の一歳は人間でいうところの十八歳くらいに相当するので、もう子猫ではないが成猫一歩手前くらいだ。

「私の縄張りに無断で侵入するなど、とんだわんぱく小僧ですね」

首にはチェック模様の首輪がついていて、公爵がそっと地面に降ろすと、その子は人慣れしているのか、にゃあん、と愛らしい声で鳴いた。

「どうしよう、触っちゃって大丈夫かな？」

野良猫を保護した場合、気をつけなければならないのは先住猫との接触だ。

万が一、感染症やノミダニなど媒介の危険もあるので、香帆はまず公爵の身を案じたのだが。

「首輪がついているし、人の匂いが染みついているので、飼い猫ですね。私が見たところ、病気等の心配もありませんよ」

子猫の匂いを嗅いだ公爵が言う。

確かに毛艶もよかったし、ふくふくして健康そうなので、大事に飼われていた子なのだろうと香帆も思った。

「とにかく、まずは動物病院だね。埜瀬（のせ）先生に電話してみる！」

公爵がずっとお世話になっている、近所にある埜瀬動物クリニックへ電話してみると、診療時間は少し前に終わってしまったものの、診てくれるというので急いで連れていった。

「若先生、時間外に申し訳ありません」

「いや、大丈夫ですよ。どうぞ入って」

と、患者たちから『若先生』と呼ばれている智文は如才なく出迎えてくれる。

埜瀬動物クリニックは、彼の父親が開業し、親子二代にわたってこの地域で住民たちから頼りにされている。

父を尊敬し、後を継いで獣医師になろうと思ったという、若先生の智文は大の猫好きらしく、公爵の定期検診でもさんざんお世話になっているのだ。

健康状態をチェックしてもらうと幸い良好で、感染症等の検査も陰性でほっとする。

やはり獣医師の智文も恐らく飼い猫だろうとの判断だったので、迷い猫ではないかと地元の保健所へ連絡することにした。

いやな顔もせず時間外に診てくれた智文にお礼を言い、食べさせてよいフードなどを教えてもらって香帆は帰宅する。

タオルで身体の汚れを拭いて、水とカリカリを出してやると、空腹だったのか猫は夢中で食べ始めた。

体毛は全体的に白が主体だが、ところどころに黒く細かい模様がある。

智文が身体を調べてみると、公爵の言う通り確かに雄だったが、ちゃんと去勢手術済みだったので、一度は人の手にあったことは間違いないだろう。

空腹を満たすと、猫は無邪気に大欠伸をしている。

「もう夜も遅いから、今夜はうちに泊まるといいよ。大丈夫、ちゃんと飼い主さんは捜してあげるからね」

香帆がいそいそとその子のために毛布で寝床を作ってやっていると、公爵は「まったく。私に面倒をかけないように、しっかり躾けてください」といかにも面白くなさそうに、ふいっとどこかへ行ってしまった。

普段から香帆には塩対応のくせに、ほかの猫を可愛がるのはお気に召さないらしい。

「ふふっ、公爵ってばホントツンデレなんだから」

わかりやすい彼の嫉妬に、香帆はつい笑ってしまった。

Date

相談記録
西野美月（二十七歳）のケース

美月がそのカフェの存在を知ったのは、つい最近のことだ。

通勤で駅に向かう途中にあるので、休日の買い物などでもたまに店の前を通りかかることはあったのだが、以前は特に記憶に残ることもなかった。

だが、前のオーナーが引退し、新しく若い女性が後を引き継ぎ新装開店したと聞きつけた母が行ってみたいと言いだし、一度ランチを食べに来たことがある程度だ。

その時庭のペットOKスペースには、店の看板猫であるみごとな美猫がいたので、それから一人でもたまにお茶をしに立ち寄り、彼に会いに通うようになった。

『猫絡みのよろず相談事、なんでもお引き受けいたします』

確か、四度目の来訪の時だ。

そんな一風変わった張り紙を見かけたのは。

まだ常連客でもないのに申し込むには勇気がいったが、背に腹は代えられない。

今抱えているこの悩みを解決してくれるなら、藁にも縋りたい思いだったから。


美月は、幼い頃から大人しく、自己主張ができない子だった。

それには両親共に教師という環境のせいも多分にあったかもしれない。

「美月は大人しいから、人に騙されやすい。私たちの言う通りにすれば、間違いはないんだ」

常々、そう言い聞かされ、自分もそう思って生きてきた。

その方が、なにか迷った時に自分で決断しなくて楽だったから。

そして彼女は、両親が決めた私立の女子高に進学し、そのままエスカレーター式に大学を卒業。

これまた親が決めた、鎌倉から通勤に便利な横浜にある企業に就職した。

横浜に本社がある、いわゆる大手自動車メーカーの一部上場企業なのでお給料もよく、経理部に配属されて、五年。

特に、仕事にも不満はない。

引っ込み思案で目立たない彼女に、社内の飲み会で猛烈アタックをしてきたのが、今の恋人の田宮亮輔だ。

三つ年上である亮輔は、渋谷区松濤生まれの松濤育ち。

幼稚舎からK大付属という、筋金入りのお坊ちゃまだった。

実家から通勤している彼に何度か誘われたので、彼の自宅に遊びに行ったことがあるのだが、さすがは松濤の一等地に建つ豪邸で、庭にプールまであったので驚いてしまった。

「あら、亮輔から聞いていた通り、普通の家のお嬢さんなのね」

初めての、彼の両親との対面に、緊張しきって手土産の菓子折りを差し出した美月が、かけられた第一声がそれだった。

——え、それって普通だから、亮輔さんの彼女失格ってこと……？

その言葉が気になって、そこから先は上の空で、作り笑顔を見せるのがやっとだった。

驚いたことに、ランチにと招待されたのだが、家には割烹料理店から派遣されたプロの料理人が出張でやってきていて、自宅にいながら本格的な懐石料理を振る舞われた。

が、彼の両親に一挙手一投足を値踏みされているようで、美月は豪華な料理も正直味がよくわからず、食べた気がしなかった。

亮輔の父親は、先祖代々地元の代議士を務めてきた地盤を引き継いでいる議員で、母親は専業主婦。

亮輔は彼らの一人息子で、それはもう目の中に入れても痛くないほど可愛がられているのが手に取るようにわかった。

ことに母親の、彼に対する溺愛ぶりはすごかった。

「はい、亮ちゃん。たくさん食べてね」

食後のフルーツもすべて皮を剝いて食べやすいようにし、なんと葡萄の皮まで母親が剝いて皿に盛ったものを、亮輔は当然のごとく食べている。

「母さんがさ、美月が普通の家の子なのが気に入らないみたいなんだけど、まぁいい大学出てるし、俺と同じ会社に就職できたんだからギリギリ合格だってさ」

最初の『お披露目』の後、亮輔に実に悪気なくそう告げられ、美月は絶句する。

「よかったな。前の彼女は食べ方に品がないって不合格だったんだ。美月なら母さんの合格がもらえると思った俺の目は正しかったな」

「そ、そうなんだ……」

「将来うちに嫁に来るんだから、これからもっと母さんに気に入られるように努力してくれよ？」

「う、うん……頑張るね」

やはり、値踏みされていると感じたのは気のせいではなかった。

彼の両親は、美月が田宮の家にふさわしい嫁になるかじっくりと観察し、まぁギリギリ及第点だと評価を下したのだ。

「美月さんは、結婚したら家庭に入るのよね？　田宮家の立派な跡継ぎを産んでもらわないといけないんだから、少しでも早い方がいいわよ」

一応合格点が出ると、先方は急速に話を進めてきて、彼の母は会うたびに美月に寿退社をほのめかしてくるようになった。

せっかく入社した会社だし、まだ就職して五年。

仕事が面白くなってきたところだし、たとえ亮輔の収入だけで生活できるのだとしても仕事は辞めたくない。

悩んだ美月は、思い切って自分の両親に相談したのだが……。

「なに言ってるの、なにしろ亮輔さんのご実家は代々政治家の一族なんでしょ？　将来的に亮輔さんがお父様の地盤を引き継いで立候補するかもしれないし、そうなると彼を支えていかないと。美月は専業主婦でいいんじゃないかしら」

「そうだな。名家に嫁ぐというのは、そういうもんだ」

以前は「女性にも手に職が必要だ。仕事は一生続けられるものを見つけなさい」と口を酸っぱくして言っていた両親だったのだが。

驚いたことに、亮輔の家柄を聞いた途端、コロリと手のひらを返し、そんなことを言い出した。

「うちがあの田宮家と縁戚になるなんて。大した玉の輿だわね」

「うむ、俺も親戚連中に鼻が高いよ」

「それだけじゃなくて……亮輔さんが……苺を連れてくるなって」

一番悩んでいたことを打ち明けても、両親の反応は変わらなかった。

「あら、そうなの？　なら、苺はうちで面倒見るから置いていきなさい」

「つまらんことで亮輔さんの機嫌を損ねないようにな」

「そうよ、滅多にない良縁なんだから、多少のことは我慢しないと」

彼らの反応に、美月は自分が我儘なのだろうかと混乱した。

これ以上食い下がっても、名家に嫁ぐというのはそういうことだ、我慢が足りないと諭されるだけだ。

両親に助けを求めても無駄だと察し、方向転換する。

なにより苺と離れたくない美月は、なんとか亮輔に自分の気持ちを伝える努力をしてみようと決心した。

「ほら、とっても素敵なお店でしょ？　亮輔さん、古民家カフェに来たことないって言ってたから、一度連れてきたかったの」

意識的に明るく振る舞い、美月はさりげなく亮輔を庭の方へと誘導する。

自分の地元を案内したいから、と亮輔を鎌倉観光へ連れ出し、午前中は小町通りや鎌倉の有名な神社などを回って洒落たフレンチビストロでランチも済ませてきた。

食後においしいコーヒーを出す店があるから、と『小菊茶房』へなんとか誘い込むことに成功し、ここまでは順調だとほっとする。

正面の門をくぐって脇道から裏庭へ出ると、日当たりのよいオープンテラス席に陣取る。

ふと見ると、公爵はいつもの場所で優雅に毛づくろいをしていた。

店の看板猫である公爵は、衛生面を考慮して躾がしっかりされているのか、決して店内には入らず、庭にある指定席で日向ぼっこを楽しんでいることが多い。

気まぐれらしく、本猫の気が向いた時にしか姿を現さないので、常連客たちの間では出会えたらその日はいいことがあると噂になっているんだとか。

公爵は孤高の存在なので、無理に触ったり抱っこしたりするのは禁止。

人間の食べ物を与えるのも禁止など、暗黙のルールがいくつかあって、客たちは皆それを守っているようだった。

「あれ……?」

だが、その日は公爵に、まだ若い猫がじゃれついていて、美月は思わず声を上げる。

すると、そこへ注文を取りに店主の香帆が庭へやってきた。

「あ、美月さん。いらっしゃい」

そのうち、なんとかして亮輔を連れてくると事前に話しておいたので、香帆も愛想よく二人を出迎えてくれる。

「こんにちは。あの……猫ちゃん増えてますね?」

「そうなの。少し前にうちの庭に迷い込んだみたいで、飼い主さんを捜す間、預かってるんだけど、まだ見つからなくて」

「そうだったんですか」

香帆の話では、すでに近所にある保護猫センターにも相談していて、感染症など諸々の検査はきちんと終えているとのことだ。

しばらく預かってこの店で近所の人たちから情報を求め、本当の飼い主が見つからない場合は、改めて保護猫センターが引き取ることになっているらしい。

美月は思わず亮輔の存在も忘れ、彼らに歩み寄る。

──一歳になるかならないか……うちの苺と、同じくらいかな。

顔立ちも愛らしく、仕草に愛嬌があある。

まとわりつかれている公爵は、若者の子守にうんざりといった様子だったが。

「お名前、つけました？」

「仮だけど、アズキちゃんって呼んでる。ほら、身体に小豆みたいな模様があるから」

確かに、言われてみれば白い毛並みにところどころ小豆のような黒い斑点があるので、ぴったりだと美月も思った。

すると、アズキはなにを思ったのか公爵のそばを離れ、美月の足許に身体を擦り寄せる。

抱っこして、とねだられている気がして、そっと抱き上げると、アズキは甘えるように鳴き声を上げた。

──私、苺の匂いがついてるはずなのに、いやがらないのね。

抱っこすると、急にアズキに対する愛おしさが溢れてきて、美月はきゅんとした。

苺の匂いに拒否反応を示さないなら、仲良く一緒に暮らせるのではないか？

もし本当の飼い主が見つからなかったなら……などと、ついそんなことを考えていると。

「おい、注文どうする？」

猫に関心がない亮輔に急かされ、はっと我に返る。

「あ、ごめん……コーヒーがすごくおいしいよ」

亮輔は甘いものに興味がないので、彼の好きなコーヒーのみを勧める。

少しでも機嫌を損ねると大変なことになるため、彼との会話はいつも薄氷を踏む思いだ。

「じゃ、俺はブレンドのホットで」

「それじゃ、私も」

注文を取った香帆が、少々お待ちくださいと店内へ戻っていったので、美月は思い切ってアズキを抱いたまま席へ戻る。

「ねぇ、見て、亮輔さん。可愛いでしょ？」

「ん……まぁね」

スマホの画面に釘づけの亮輔は、ろくにアズキを見もせず生返事をする。

だが、この好機を逃すわけにはいかない。

今日こそは自分の思いを伝えなければ。

美月はありったけの勇気を振り絞って続けた。

「猫、嫌いなわけじゃないのよね？　どうして苺を連れていっちゃいけないの……？」

「俺はべつにどうでもいいんだけど、母さんがね。うち、特注の家具とか多いから」

やはり、母親の意見で猫を飼うのに難色を示しているのか。

だが、亮輔自身が猫嫌いでないのなら、少し希望の光が見えてくる。

「なら、とりあえず最初は二人と苺で暮らしてみるっていうのは、どうかな……？」

恐る恐るそう提案してみると、亮輔が途端に不機嫌になった。

「なに、うちの親と同居するのがいやなのか？」

「そういうわけじゃないけど……」

本音を言えば、将来同居するにしても、新婚の時くらいは二人きりの生活をしてみたいという思いがあったのだが、とても言い出せる雰囲気ではない。

「俺は一人息子だし、将来あの家を継ぐんだから、最初から一緒に住む方がいいって母さんが言うんだ。母さんの言うことを聞いておけば、間違いはないから」

うむを言わさぬ口調でそう断言されたが、同意したくなくて黙っていると、亮輔が露骨に大きなため息をつく。

「意外だな。美月はそういうこと、言わない女だと思ってたのに」

暗にがっかりした、というニュアンスを感じ取り、美月はうつむいた。

——私は、一つも自分の希望を言っちゃいけないの……?

この息苦しさは、なにかに似ている。

そう、この二十七年間、両親からずっと感じていた閉塞感と同じだ。

結婚することで、やっと厳格な両親から逃れられると思っていたが、支配者が亮輔に代わるだけで、今までとなにも変わらないのかもしれない。

——だけど……もし破談になったら、父さんたちがなんて言うか……。

その場面を想像するだけで、背筋に悪寒が走る。

——私さえ我慢すれば、皆がうまくいくんだから……亮輔さんの言う通りにしておけばいいんだ、きっと。

頭ではわかっていても、どうしても苺のことだけはあきらめきれず、美月は最後まで食い下がる。

「ね、うち、この近所なの。ちょっと寄っていかない? 亮輔さん、まだ苺に会ったことないから、紹介したくて」

亮輔の機嫌を窺いながら、おずおずとそう誘ってみるが。

「実家のご両親がこのまま面倒見てくれるんだから、会う必要ないだろ。この話はもう済んでるんだから、俺の親の前でももうするなよ?」

そう釘を刺され、とりつくしまもない。

亮輔の対応に違和感を覚えながら、両親の期待を裏切れず、板挟みになった美月は、ただうつむくしかなかった。

「で、結局亮輔さんは美月さんの家にも寄らず、帰っちゃったんだって」

作戦後、美月からその後の顚末をメールで聞いた香帆は、がっかりしながら公爵にそう報告する。

「人の彼氏を悪く言いたくないけど……結婚したら、美月さん苦労しそう……」

と、思わず本音が口を衝いて出る。

店での二人の様子をさりげなく観察していたが、亮輔は美月に対してまるで家来かお付きの者を従えているといった態度で、彼女への配慮が感じられないのも引っかかった。

「自分や家族がアレルギーや動物嫌いならともかく、実家の家具を傷つけるからという理由では、美月さんには納得いかないでしょうね。自分の主張ばかり押しつけて、一切美月さんには寄り添わないという姿勢は問題です」

優雅に毛づくろいをする公爵のそばでは、香帆の猫じゃらしテクで大興奮のアズキが跳ね回っている。

まだやんちゃ盛りなので、ものすごい跳躍力だ。

その姿を、香帆はスマホで動画撮影し、美月に送ってやった。

「美月さん、アズキのことが気になるみたい。もし飼い主さんが見つからなかったら引き取れるのかって聞いてきてるんだけど」

「見かけによらず剛胆な女性ですね。苺だけでモメているのに、この上アズキまで引き取ったりしたら、結果は火を見るより明らかでしょうに」

「だよねぇ……」

あの亮輔が、一匹でも渋っているのにましてや二匹引き取るなどと言ったら、それこそ破談になりそうだ。

「公爵は、将来猫神様になるんでしょ？　猫たちの子孫繁栄についてはどう考えてるの？」

自治体や団体によってさまざまなケースがあるが、保護猫の場合は、避妊・去勢手術を受けるのが一般的だ。

猫神見習いならば、猫の子孫繁栄を願うのではないかと気になったので聞いてみると。

「むろん、子孫繁栄は喜ばしいことではありますが、現代でそれは難しいことは理解しています。野放図に生まれた子らが保健所で処分されてしまうよりは、今生の猫らが安全で快適に暮らせる方が、よい世の中であることに間違いはないでしょう」

伊達に長生きしてきたわけではないらしい公爵は、人間と共存している現代の猫事情を理解しているようだった。

「そういえば、公爵も手術済みだったよね？」

公爵は雄だが、祖母が保護し、飼い始めた当時、近所にある埜瀬動物クリニックでワクチンや検査をしてもらったところ、すでに去勢済みとのことだった。

「公爵くんはなんというか、品がありますね。ほかの猫とは違う風格のようなものを感じます」

智文は定期検診で通うたびに公爵を褒めそやしてくれるが、当の公爵はいつも塩対応だ。

なにげなくそう聞くと、公爵は意味深に前足を組み、顎を乗せる。

「この私が、人間ごときにそんな真似を許すはずがないでしょう。目眩ましの術をかけてあるだけです」

「え、そうなんだ」

「心配せずとも、そこいらで子を作ったりはしませんよ」

「まぁ、その辺に関しては公爵のこと、信頼してるけどさ」

なにせ将来猫神を目指しているのだから、と香帆は納得する。

——子どもかぁ……。

今年二十九歳になった香帆も、いわゆる適齢期だ。

長野にいる母からは、電話があるたび『いい人はいないの?』と聞かれてウンザリすることが多い。

美月は二十七歳だと言っていたので、自分の方が焦らねばならない年なのだが、今のところ結婚する気はまったくなかった。

――でも、どうして私は結婚したくないんだろう?

改めて考えてみると、理由がさだかではない。

一応それなりに年頃なので、大学時代や社会人の時にも、好意を寄せてくれる男性は過去何人かいたものの、交際には至らなかった。

好きと言われた、でもこちらは異性として見られるか、好きになれるかどうかもわからない。

そんな状態で交際を受けるのは申し訳ないと思ったのだ。

特に会社員時代は自分の時間がなさすぎて、デートする時間があるなら、とにかく寝たいという生存ラインギリギリの生活だったせいもあるかもしれない。

だが、友人でも恋愛体質の子はどんなに多忙でも恋人がいない時期がないので、やはり自分が恋愛に興味がないんだろうな、という自覚はある。

まだ真剣な恋愛をしたこともないはずなのに、結婚への不安や恐怖が大きいのは、いったいなぜなのだろうか?

それは、香帆の生い立ちに原因があるのかもしれない。

「結婚してない私が言うのもなんなんだけどさ……美月さんは、思ってることをちゃんと亮輔さんに伝えた方がいいと思うんだよね。ホント、余計なお世話なんだけど、今言えないなら、結婚したらもっと言えなくなるような気がして」

と、香帆は思い切って公爵に告げる。

どちらか一方だけが我慢し続ける結婚生活は長くは続かない。

香帆は幼い頃、エリートではあったが短気で、機嫌が悪くなると家族や母を不機嫌で支配してくる父親に怯(おび)えながら育った。

父を怒らせると、大変なことになる。

常に父の機嫌を窺い、息を殺して生活する毎日。

母が暴力を受けていることを知った中学生の時、「貧乏でもいいから安心して暮らそうよ」と離婚を勧めた。

離婚する際も、プライドの高い父との親権争いで泥沼だったので、当時のことはもう思い出したくもない。

その数年後に母は長野県在住の男性と再婚し、弟と暮らしている。

弟は現在長野で就職して、会社員だ。

今年二十六歳になる海斗(かいと)は香帆とは仲がよく、東京観光がしたいからと、ときどき遊びにやってきては部屋に泊まっていく間柄だった。

義理の父、孝幸はいつも穏やかで、実父とは正反対の性格だったので、この人なら安心して母と弟を任せられると思った。

それでも実家を離れて上京し、奨学金を得て都内の大学に通い始めたのは、母の再婚相手に気を遣ったからだ。

美月の一件でいろいろ思い出し、だから結婚する気になれないのかもしれないと自らを振り返る。

「なにを黄昏れているのです？」

そう公爵に問われ、「いやぁ、縁結びしてる本人が独身っていうのも、説得力ないよなと思って」と答えると。

「あなたは私のげぼ……使い走りでこの店のお飾りなのですから、そんな心配はしなくていいのですよ」

「今、下僕って言いかけたよね？　私、一応ここのオーナーなんですけど⁉」

「空耳です」

と、空とぼけた後、公爵は意味深に「あなたが今まで結婚する気になれなかったのは、幼い頃すでに天に決められた相手がいて、その者が現れていなかったからかもしれませんよ」と告げる。

「え、なに、その韓流ドラマみたいな設定」

「運命の赤い糸で結ばれた相手がいる、そうでも考えておけば、ロマンティックでしょう？」

公爵の青と金の瞳を見つめていると、なんだか吸い込まれてしまいそうになる。

なにもかもお見通しなようで、少し怖い。

そんな気持ちを見透かされないように、香帆は遊び疲れて電池が切れかけているアズキを抱っこし、ヤワヤワの肉球に保湿クリームを塗り込んだ。

――運命の赤い糸、かぁ……。

果たして自分にも、そんな相手がいるのだろうか？

心地いいのか、アズキは香帆の膝の上でウトウトし始める。

その様子を、公爵がじっと見つめているので、もしかして塗ってほしいのかなと声をかけた。

「……公爵にも、塗ろうか？　塗ってほしそうだよね？　ね？」

「けっこうです」

「それじゃ、抱っこは？」

「謹んでご遠慮申し上げます」

と、つれない返事。

「んも～！　お祖母ちゃんには抱っこされてるくせに、どうして私だけ駄目なわけ⁉」

人間嫌いを豪語していて、店の客にも滅多に手を触れさせることはない公爵だが、実家では普通に祖母の膝の上でまどろんだりしているのに。

なぜか香帆にだけは、頑(かたく)なに抱っこを許してはくれないのだ。

ご機嫌がいい時に、せいぜい撫でさせてくれるか、ブラッシングをさせてくれるくらいだ。

「美代子さんには拾ってもらった恩がありますからね。飼い猫としての務めも、一応果たしませんと」

「今、一緒に暮らしてるのは私なんですけど⁇　やっぱり私のことは下僕としか思ってないんだっ、わ～ん」

「嘘泣(うそな)きしても無駄ですよ。明日も早いんですから、もう寝なさい」

と、相変わらず香帆にはつれない公爵なのであった。


「青藍さん、聞いてくださいっ。公爵が私にだけ一度も抱かせてくれないんですっ」

「誤解を招く言い方はおやめなさい」

香帆が泣きつくと、青藍はなぜか赤面し、落ち着かない様子だ。

今日は別件の相談予約が入っていて、そのために彼は店に来ていたのだが、相談が終わって帰ろうとしていたところ、これから美月が来店すると連絡があったので、ついでだからと彼女の到着を待っているところなのだ。

「どうして、青藍さんが赤くなるんですか？」

「……べつに、赤くなどなっていません。公爵にも、いろいろ事情というものがあるのでしょう。あまり詮索するものではありませんよ」

探りを入れるため、香帆が故意に公爵の愚痴を言うと、青藍は一貫して妙に公爵の肩を持ち、その気持ちを弁明してくる。

ますます怪しい。

——やっぱり、公爵と青藍さんは同一人物なんじゃ……？

香帆の疑惑は、深まるばかりだ。

——でも、青藍さんとも、どこかで会ったことがあるような気がするんだよなぁ。

出会った瞬間から、なぜか初めて会った気がしなかった。

個性的な、銀髪に青と金の瞳は、一度会ったら忘れようがないはずなのに。

そう、あれは遠い遠い昔、香帆がまだ……だった頃……。

なにかを思い出しかけた、その時。

入り口のカウベルが鳴り、美月が店内へ入ってきた。

「こんにちは」

「いらっしゃい、美月さん」

その後がずっと気になっていた香帆は、急いで彼女を出迎え、いつもの庭先の席へ案内する。

「アズキちゃん、こんにちは」

今日は公爵の姿はなく、一人で庭で遊んでいたアズキを抱っこし、美月は嬉しそうに話しかける。

「あれから、どうですか……？」

ためらいがちに問うが、美月は力なく首を横に振る。

どうやら、思い切ってアズキを引き取りたいという話を切り出してみたらしいのだが、亮輔を怒らせただけに終わったらしい。

「苺だけでも駄目だったのに、二匹目なんて絶対無理だとわかってはいたんですけど、どうしてもあきらめきれなくて……」

と、美月は項垂(うなだ)れる。

「俺の言うことが聞けないなら、結婚の話は白紙に戻すって、言われて……」

「……そうだったんですか」

「本当は今日亮輔さんの実家に行く予定だったんですけど、ささやかな抵抗で、ドタキャンしてアズキちゃんに会いに来ちゃいました」

平素自己主張が苦手な美月にとっては、それでもかなり思い切ったことなのだろう。

と、そこへ、これから出勤予定だった美智也が現れ、香帆と揃いのカフェエプロンをつけながら庭へやってきた。

「ちわ～っす。香帆さん、アズキちゃん、里親さんが見つかりそうですよ」

「え……本当？」

美智也の話によると、保護猫センターでもアズキの里親を募集してもらっていたのだが、先日応募があったらしい。

家庭環境など、先方の確認ができて問題なければ、いつでもアズキを引き取れるようだ。

「そうですか……飼い主さんが見つかって、よかったですね」

それを聞いた美月は笑顔でそう言ったが、彼女が内心落胆しているのは香帆にも伝わってきた。

――アズキも、あんなに美月さんに懐いてるのに。

どうにもできないかもしれないが、なんとかしてあげたい。

なにか方法はないかと思案していると。

「とりあえず、一度苺とアズキを会わせてみてはいかがですか？」

ふいに、それまで黙って話を聞いていた青藍がそう提案してきた。

「え……？」

「アズキが、苺に会いたいと言っていますので」

「ほ、本当ですか⁉」

「ええ、香帆さん。キャリーバッグを」

「は、はい」

とはいえ、アズキはキャリーバッグが嫌いで、埜瀬動物クリニックに連れていく時も大騒動だったので、香帆は警戒しながらキャリーバッグの口を開ける。

中に入れるまで大立ち回りを覚悟していたのだが、なんとアズキは自ら進んであっさり入ってくれた。

まるで、自分がどこへ連れていかれるのかを青藍から聞いて知っているかのように。

「青藍さんっ、アズキがすんなり入ってくれました！　奇跡です！」

「では、参りましょうか」

大喜びの香帆をスルーし、青藍はおもむろに立ち上がった。

美月の自宅は、彼女の言う通り『小菊茶房』から徒歩で十五分ほどの距離にある、一戸建てだった。

まだ築年数は浅いらしく、小さな庭もある。

「どうぞ。両親は出かけているので、気兼ねしないでください」

スリッパを勧められた香帆と青藍は、家に上がらせてもらう。

リビングへ入ると、そこにはソファーの上に苺が寝そべっていた。

苺はキジトラ柄の雑種の雌で、愛らしい顔つきをした子だ。

「ただいま、苺。今日はお友達を連れてきたよ」

美月がそう声をかけると、苺はまるでその言葉を理解したかのようにキャリーバッグを提げた彼女の許へ走り寄る。

「いよいよご対面ですね」

大丈夫だろうか、と香帆は期待半分不安半分で見守る。

美月がキャリーバッグを開けると、中からアズキが出てきた。

初めての場所だが物怖(ものお)じする様子はなく、目の前の苺に向かってにゃあん、と鳴く。

それに応えるかのように、苺も鳴き、それから二匹は互いの匂いを嗅ぎ合った。

しばらくすると、苺がまるで案内するよ、とでも言うようにリビングから廊下へ抜け、その後にアズキも続く。

恐れていたような喧嘩や威嚇はまったくなく、互いに驚くほどすんなりと馴染んでいる。そうして家の中を探検した後は、リビングにある出窓に飛び乗り、二人で仲良く外の通りを眺めていた。

「わぁ、初対面とは思えないですね。まるできょうだいみたい」

香帆が、思わずそんな感想を漏らす。

「よかった……相性はいいみたいですね」

美月もほっとした様子で、香帆と青藍にお茶を煎れてくれた。

三人でリビングのソファーでしばらく様子を見るが、二匹は片時も離れず、身体をくっつけ合って日当たりのよい窓辺でまどろんでいる。

「こんなに仲がいいと、ますます引き取りたい気持ちが強くなるんですけど……どうしよう……」

と、独り言のように美月が呟く。

彼女が、亮輔のことを考えているのは明白だった。

「……彼の実家へ行く約束をドタキャンしたので、朝からずっとメールと電話がすごいんです。怖いので、彼が落ち着くまで電源切ってるんですけど」

「そうなんですか、勇気を出しましたね」

「ええ、どうしても苺と離れたくない、できればアズキも引き取りたい、話し合ってくれるまでご実家には行きませんと、メールで伝えたんです」

大人しい美月にとっては、初めての反抗だったのだろう。

ずっと恋人の言いなりだった彼女がそこまで行動に移せたのは、大きな一歩だと香帆は思った。

「明日には少し落ち着いていると思うので、また電話して話し合ってみます」

「きっと大丈夫ですよ。うまくいくといいですね」

なんとか、少しでも亮輔が譲歩してくれればいいと、香帆も心から願った。

と、その時、玄関のインターフォンが鳴る。

「誰かしら……？」

美月が玄関へ応対に出ると、しばらくして怒号が聞こえてくる。

すると、青藍がソファーから立ち上がった。

「どうやら亮輔さんが乗り込んできたようですね」

「ええっ⁉」

ど、どうしよう、と香帆がおたついているうちに、美月がリビングへ逃げ込んでくる。

すると、憤懣（ふんまん）やる方なしといった表情の亮輔が後を追ってきた。

「約束を破っておいて、俺からの連絡を無視するなんて、何様だ？　自分の立場がわかっているのか⁉」

「これから嫁ぐ家の法事の準備をすっぽかすなんて、どれだけ非常識なことをしでかしたのか、わかってる？　うちのしきたりに早く慣れるように、母さんが気を遣ってくれてるのに、申し訳ないと思わないのか？」

「ご、ごめんなさい……」

どうやら今日美月は、明日行われる予定の田宮家の法事の事前準備の手伝いをさせられる予定だったようだ。

普段から、この調子で詰問されているのだろう。

美月からさきほどまでの笑顔は消え、すっかり萎縮してしまっている。

「わかったなら、今回だけは許してやる。さぁ、早く仕度しろ。今から行けば母さんたちも機嫌を直してくれるから」

「で、でも……」

美月の視線は、亮輔に怯えてソファーの陰に隠れてしまった苺とアズキを追っている。

理由はどうあれ、初めて家まで来たのだから、せめて苺たちに会っていってほしい。

そんな彼女の願いが痛いほど伝わってきて、香帆は我慢できなかった。

「あの……っ、せっかくですから、苺ちゃんに会っていっていただけませんか？　たまたまなんですけど、今日はアズキちゃんも一緒なんでよかったら……」

「誰なんだ、あんたたちは？」

まるで不審者を見る目つきで睥睨され、香帆は慌てた。

「あ……私たちは近所にあるカフェの者です。保護猫センターからアズキちゃんを預かってまして……」

すると、亮輔の表情がますます険しくなった。

「美月に余計なことを吹き込んだのは、あんたたちか。保護猫は引き取らない。さっさと帰ってくれ」

亮輔は青藍よりも身長は少し低いが、筋肉質なのでガタイがいい。

そんな彼が今にも突き飛ばしそうな勢いで迫ってきたので、さすがに香帆にも恐怖心が湧き上がる。

だが、ここでひいては美月の思いは無下にされ続けてしまう。

勇気を振り絞り、香帆は続けた。

「失礼ですけど、アズキちゃんを引き取るかどうかは、美月さんが決めることではないですか？」

「……なんだと？」

「お願いです、どうか美月さんの話だけでも聞いてあげてください。美月さんがなにを望んでいるのか、百パーセント思い通りにしろってことではなくて、妥協案というか、問題を解決するには双方の歩み寄りが大事だと思うんです。ですから……」

やっとの思いでそう告げたが、亮輔は鼻先でせせら笑うだけだ。

「これは俺たちの問題だ。部外者は引っ込んでいてくれ。さぁ、美月、行くぞ」

「は、はい……」

有無を言わせぬ口調で命じられると、まるで条件反射のように美月が彼に従い、リビングを出ようとする。

するとそれまでこの修羅場の中、一人涼しい顔で平然とお茶を飲み続けていた青藍が、初めて口を開いた。

「美月さん、あなたはそれで本当によろしいのですね?」

「え……?」

「ここが、人生の岐路です。前に私が言ったことを思い出してください」

——青藍さんが、前に言ったこと? なんだっけ?

と、香帆も記憶の糸をたぐり寄せる。

『美月さんは、裕福だが傲慢で人の意見を聞かない男性と、平凡だが相手の話に耳を傾けて協力しようとする男性と、どちらと一生を共にしたいですか?』

そうだった、確か青藍はそう言っていた。

すると、美月もそれを思い出したのか、ふと足を止める。

「なにをしている。早くしろ!」

「……」

彼女自身、もうずっと迷いがあったのだろう。

だが、青藍の一言は美月の背中を押したようだった。

「……亮輔さん、ごめんなさい。あなたの言うことは聞けないので、この結婚、白紙に戻してください」

「はぁ？　今さらなに言ってるんだよ？　来月には両家で結納の打ち合わせをする予定だろ？」

突然の申し出に、初めて亮輔が狼狽えたが、逆に美月の方はひどく落ち着いていた。

「まだ婚約前なので、金銭的な損失はないと思いますが、もしあったらこちらに請求してください。私が支払いますので」

「……本気で言ってるのか？　おまえには過ぎた縁談なんだぞ⁉　いったいなにが不満なんだ⁉」

「……亮輔さん、機嫌を損ねると一週間でも二週間でも口をきいてくれなくなるでしょ？　メールも電話も無視されると、今度はいったいなにが悪かったんだろう、なにが気に障ったんだろうってずっとずっと悩んで、胸の奥が重くなるの。私がなにかしたなら言ってってお願いしても、『自分のしたことにも気づかないのか？　反省が足りない』ってまた怒られるし、いつもどうしていいのかわからなかった」

するとし、青藍が「そういうのを、不機嫌さをアピールして他人をコントロールしようとする、不機嫌ハラスメントと言うらしいですね」としれっと追撃し、亮輔に嚙みつくような目つきで睨まれている。

「そ、それは……うちに嫁入りしたら、そういう気配りが求められる。だから俺が今から特訓してやっていただけだっ」

——言うに事欠いて、言い訳がひどすぎる……。

端で聞いていた香帆も、亮輔の傲慢ぶりにあきれてしまう。

一度言葉が溢れ出すと止まらなくなったのか、美月が続ける。

「私、亮輔さんと結婚したかったけど、田宮家の嫁になりたいわけじゃないのよ？」

「同じことだろ、なにが違うんだよ⁉」

「違うわ、ぜんぜん違う。結婚って二人でするものでしょ？　一度でも私の話に耳を傾けてほしかった。苺のこと、私の希望をぜんぶ受け入れてくれなくてもいいから、ほんの少しでいいから一緒に考えてほしかった……ううん、今まであなたの機嫌が悪くなるから、思ったことを言えなかった私も悪いの。それはごめんなさい」

「美月……」

「私にとって、苺は大切な家族なの。離れることはできません。お願いだから、別れてください」

そう言い終え、美月は彼に向かって深々と頭を下げた。

亮輔は、怒りにワナワナと全身を震わせている。

「この……っ！　さっきから黙って聞いていれば勝手なことばかり言いやがって！　もう親戚にも知らせた後なのに、今さら破談なんて俺のメンツが丸潰れだろうがっ！」

この期に及んで、まず己の体面を気にする彼に、心底愛想が尽きたのだろう。

美月の方は、今まで彼の不機嫌と威圧で抑圧されていたものからすっかり解放されたように、晴れ晴れとした表情をしていた。

そして、今度は香帆と青藍に向かって頭を下げる。

「お二人に出会って、私目が覚めました。本当にありがとうございます」

「美月さん……」

「ふざけるな！　俺は認めないぞ！　来い、根性を叩（たた）き直してやる！」

言うなり、亮輔が拳を振り上げ、いきなり美月に殴りかかる。

——危ない……！

考えるより先に、香帆は身体が動いてしまう。

だが、この距離では亮輔の拳は避けられない。

咄嗟（とっさ）に美月の前に立ちはだかり、香帆は身を挺（てい）して彼女を庇（かば）った。

ぎゅっと目を瞑（つぶ）り、襲いくる痛みに備えたが、いつまで経ってもなにも起こらない。

「……？」

不思議に思って、恐る恐る目を開けてみると。

「い、痛たた！」

いつのまにか亮輔が床に俯せに押し倒され、青藍に右手を後ろ手にねじり上げられていた。

「やれやれ、これだから人間に関わるのはいやなのです。なんと醜悪なのでしょう」

「……なんだと!?　もう一度言ってみろ……!!」

「お望みなら、何度でも。ご自分よりも力の弱い者への暴力は、最低の人間のすることだとは思いませんか？」

「くそっ、放せ……！」

往生際悪く足掻く亮輔が、苦し紛れに叫ぶ。

「そ、そうだ、おまえのせいで破談になったと会社に言いふらしてやる……！　この先さぞ居心地がよくなるだろうな」

その言葉に、美月の表情が絶望に支配される。

――なんてひどいことを……。

すると、青藍が押さえる手に力を入れたのか、亮輔が「痛っ！」と悲鳴を上げた。

「おっと失礼、あなたが暴れるものですから、取り押さえる時にうっかり私のスマホの録音ボタンが押されてしまったようです」

「え……？」

亮輔が抵抗をやめたので、青藍はわざとらしく着物の袖に入っていたスマホを取り出してみせる。

「どれどれ……？　ああ、さきほどまでの会話が、偶然録音されているようですね。こちらを公開したら、会社に居づらくなるのはあなたの方なのでは？」

「き、貴様、わざとやったな⁉　データを消せ！」

世間体がなにより大事な亮輔が、パニックに陥っている。

「では、こうしましょう。このデータは美月さんにお渡しします。彼女の望み通り、破談にしてくださるなら、きっと彼女は公表などしないと思いますよ？」

と、青藍がにやりと人の悪い笑みを浮かべて言った。

すっかり抵抗する気をなくした亮輔を解放してやると、彼は腕を押さえながらフラフラと立ち上がる。

「くそっ……おまえみたいな地味な女には過ぎた縁談だって、母さんが言ってたぞ。後で後悔しても遅いからな！」

忌々しげに捨てゼリフを吐き、亮輔はそそくさと逃げ帰っていった。

「はぁ……」

すると緊張の糸が切れてしまったのか、美月がその場にへたり込む。

「大丈夫ですか？　よく勇気を出しましたね」

香帆が手を貸して助け起こすと、美月は照れた様子で微笑んだ。

「自分じゃないみたいで、今さら足が震えてます」

すると、それまで隠れていた苺とアズキがやってきて、まるでよくやったね、と言いたげに美月の足に身体を擦り寄せてきた。

「苺、アズキ……私、頑張ったよ……」

美月が二匹を撫でている間に、青藍がスマホを操作し、香帆へ録音データを送る。

青藍は相談者とは一切個人的にやりとりをしないことにしているので、香帆から美月にそれを転送してやった。

「録音データを送りました。まぁ、これがある限りおかしなことはできないでしょうから、当分は保険として保存しておいた方がいいでしょう」

「なにからなにまで、本当にありがとうございました」

美月は青藍と香帆に向かって深々と頭を下げてから、続ける。

「……亮輔さんにとって、私は従順でそこそこ親からの受けもよくて、突出したよさはないけど、まぁ平均的に合格点が出せる女だから選ばれただけなんです。事実、彼にはっきりそう言われたこともありました」

「そんな……ひどい……」

そこで美月は、自分の髪に手を触れる。

「私、本当はショートヘアが好きなんです。けど彼が長く伸ばせって。切ると不機嫌になるので、言いなりになってました」

「美月さん……」

「彼と結婚してもしあわせにはなれないって、本当はわかってた。わかってたんですけど……今さら破談にしたら親がまた大騒ぎするし、会社の同僚の手前とか、もう後へは引けないって、いろんなことに目を瞑ってしまった、私が悪いんです。でも、これですっきりしました。亮輔さんとの結婚はやめるけど、これを機に実家も出ます。そして、誰に憚（はばか）ることなく、苺とアズキと一緒に暮らします」

きっぱりと、そう言い切った美月は、今まで見たことがないくらい清々しい表情だった。

「保護猫センターの方に、私もアズキの里親申請してもいいですか……？」

「もちろんです！」

香帆は自分のことのように嬉しくて、力強くそう答えた。

美月を一人にして大丈夫かと心配だったが、家族がすぐ帰ってくると言うので、香帆はアズキを連れて青藍と帰ることにした。

が、青藍はなぜか不機嫌そうで、一人すたすたと先に行ってしまう。

「待ってくださいよ、青藍さん。ってか、スマホ持ってたんですね。私にも番号教えてくれないのに」

あやかしの身で、どうやって契約したのだろうかと考えながら言うが、青藍は「いつでも会えるので、必要ありません」とけんもほろろの対応だ。

「どうしたんです？　なんだかご機嫌が悪いですね？」

率直にそう聞くと、青藍はじろりと香帆を睥睨し、答えなかった。

だが、彼の塩対応にはすっかり慣れている香帆はびくともしない。

「そうだ、さっきは助けてくれてありがとうございました。私、頭の中が真っ白になっちゃって、なんの役にも立てなくて。青藍さんの機転のおかげで、美月さんが救われて本当によかったです」

改めてお礼を言うと、青藍が足を止め、香帆を振り返る。

「……他人のために怪我をするところだったのですよ？　あなたはそうして、昔からいつも他人のことばかり。相変わらずのお節介焼きで、ほとほとあきれます」

「……え？」

――『昔から、いつも』……？

その言い方に、香帆は内心わずかな引っかかりを感じる。

もしかして、大学生のバイト時代の話をしているのだろうかとも思ったが、青藍の口調にはずっと昔から自分を知っていたような重みが感じられた。

聞き返したかったが、青藍は「まったく、だから放っておけないんです」と独り言のように呟き、そのまま早足で行ってしまう。

「あ、待ってくださいよ！」

慌てて追いつき、香帆は彼と並んで店までの帰り道をただ黙々と歩いた。

——もしかして、私のこと心配してくれてる……？

美月の代わりに殴られそうになったから、彼が怒っているのかも、とようやく気づく。

人間嫌いを豪語し、人間とは極力関わらないなどと宣言しているくせに、と香帆は嬉しくてついにやけてしまう。

「あの……お店のことも、ずっとお礼を言いたかったんですけど、なんとなく機会を逃しちゃってて。青藍さんのおかげで、お客様も増えてきたし、美月さんも含めてたくさんの人たちの喜ぶ顔が見られて、なんというか私も嬉しくて……思い切ってお祖母ちゃんのお店を継いでよかったなと思いました」

「そうですね、すべて私のおかげですね。今後も丁重に扱うように」

「はい、至らぬ新米店主ですけど、これからもどうぞよろしくお願いします」

いかにも彼らしい返事に、つい笑ってしまう。

「公爵には恩がありますからね。浮き世の義理というやつですが、この私がいるからには、店は潰させません。安心なさい」

そこで香帆は、ずっと気になっていたことを恐る恐る質問してみた。

「青藍さんは、公爵とどういったお知り合いなんですか？」

「……ノーコメントだと、以前言ったはずですよ」

「住んでいるところは近いんですか？　あやかしのおうちって、もしかして異次元にあるとか？　店まで通うの、大変じゃないですか？　交通費も出してないから気になって」

「……それ以上詮索するなら、猫相談はやめますよ？」

「わ～、わかりました！　もう聞きませんからっ」

やっぱり駄目だったか、と香帆は好奇心を押し殺すことにした。

隣を歩く青藍の横顔は、まだなにか深く思案しているように見える。

「ひょっとして、まだ怒ってます……？」

「……今後また同じようなことがあっても、軽率な行動はしないと約束してください」

「う～ん、約束したいのは山々なんですけど、私けっこう考えなしで動いちゃうところあるので、難しいかも……？」

できない約束はしたくないので、婉曲（えんきょく）に断ると、青藍にまたじろりと睨まれた。

「はぁ……もういいです。あなたがそういう人だというのは、よくわかっているので」

「まだ知り合って間もないのに、私のことよく知ってるようなニュアンスですよね？　前にどこかで会ってましたっけ??」

　すると、青藍が失言した、という表情で強引に話題を変えた。

「……私のご機嫌を取りたいのなら、帰ってまたフルーツたっぷりのクリームあんみつを作ったらいいんじゃないですか?」

「お安いご用です！　フルーツ大盛りにしますね」

　なんだかまた誤魔化されてしまったけれど、今はこれでいいのかなと香帆はにっこりしたのだった。


　あの一件後、美月は婚約解消を申し出て、亮輔との結婚は正式に破談になったようだ。

「亮輔さん、あれから私が泣きついて謝ってくると思ってたみたいです。でもなんだかもう、すっきりしちゃって」

　と、後日店を訪れた美月は、まったく未練のない様子だ。

　長かった黒髪をばっさり切ってショートヘアになった彼女は、なんだか生き生きとしているように見えた。

　結納前だったので、金銭的な問題はなかったのが幸いだったようだ。

今後しばらくは会社でも色々噂は流れるだろうが、覚悟の上です、と美月は笑顔を見せる。

予想通り、美月の両親はなんとか復縁しろと大騒ぎしたが、もう決めたことだからときっぱりと彼らの過干渉からも線引きし、会社近くにペット可のワンルームマンションを借りたと、報告に来てくれたのだ。

苺と暮らす環境を整えた、彼女の新生活の始まりを香帆は心から祝った。

「元気そうでよかった。これから美月さんの、あらたな人生の始まりですね！」

香帆も喜んだが、事はすべてそう都合よく運ばないものらしい。

と、そこへ香帆のスマホに電話が入り、応対する。

「……そうですか。わかりました、ありがとうございました」

電話を切った香帆は、店にいた美月を振り返った。

「残念だけど、一人暮らしになるなら保護猫を引き取るのは難しいって……」

保護猫の里親になるには、その団体の方針にもよるが、それなりに厳しい条件がある。

可能な限り、猫にとって最適な環境を提供できるのが優先なので、アパートよりは一戸建て、一人暮らしより家族がいる家庭が引き取るのが望ましいとされるのだ。

実家を出た美月より、家族四人で一戸建てに暮らしているもう一組の里親希望者の方が今回は選ばれたということらしい。

「……わかりました。アズキがしあわせになれるなら、祝福しないとですよね」

庭先でアズキを膝に乗せていた美月は、寂しそうにその背を撫でる。

せっかく美月が勇気を出して自分で選択したのに、こんな結末になるなんて。

香帆は残念でしかたがなかった。

前の予約客の相談が終わった青藍は、二人のやりとりにも我関せずといった調子で好物のフルーツクリームあんみつを優雅な所作で味わっている。

キウイや杏（あんず）にバナナ、シロップ漬けのみかんなどのフルーツは通常サイズの二倍にサービスしてある。

青藍は祖母の炊いたあんこが好物らしく、実にしあわせそうな表情だ。

「アズキと会えるのも、これが最後ね」

美月がそう呟いた時、長身の男性客が庭のテラス席へやってきた。

「いらっしゃいませ」

香帆が出迎えると、男性は少し困った様子で言い淀む。

「すみません、客ではなくて、こちらで迷い猫が保護されていると聞いてきたのですが」

男性は三十前後で、三島一彰（みしまかずあき）と名乗った。

すると、それまで美月の膝の上で寛（くつろ）いでいたアズキが反応し、一彰の許へと駆け寄る。

「大福（だいふく）……！　よかった、無事で……っ」

アズキを抱き上げた一彰は、頬を紅潮させて叫ぶ。

予想外の展開に驚いた香帆だが、とりあえず話を、と一彰を青藍と美月が座っていた席の隣に案内した。

「僕は、駅の東口の方にあるマンションに住んでるんですが、うっかり窓の鍵をかけ忘れて、そこから外へ出てしまったようで」

大福の好奇心旺盛さを甘く見ていました、と一彰は後悔の表情を浮かべる。

「さんざん捜したけど、見つからなくて。一ヶ月近く経ってしまって、もう絶望的だとあきらめかけていたら、近所の人がこちらのカフェで大福にそっくりな子を見かけたって教えてくれたんです」

『小菊茶房』は西口の住宅街の奥にあるので、一彰のマンションからは徒歩で三十分以上かかる。

捜索は東口の方ばかりしていたため、まさかこんな遠くまで来ていたとは彼も予想外だったようだ。

「でも、無事で本当によかった……大福を保護してくださって、ありがとうございました」

と、一彰が頭を下げ、香帆はアズキに向かって話しかける。

「本当の飼い主さんが見つかって、よかったね、アズキ……じゃなくて、大福くん」

アズキの本当の名前は、大福だった。

仮の名でアズキと呼んでいた話をすると、一彰は「なるほど、わかります」と妙に納得していた。

真っ白な毛並みに、黒い斑点がある見た目から、小豆と大福を連想するので、名前の話でしばし盛り上がる。

「こちらの美月さんが、大福くんを引き取りたいという話をしてたんですよ」

香帆は、美月が一人暮らしになったため、別の里親候補に大福が引き取られるところだった一件を簡単に一彰にも説明する。

「そうだったんですか」

一彰は美月に向かって「大福を引き取りたいと言ってくれて嬉しいです」と告げた。

美月も、「新しい里親さんに引き取られる前に、本物の飼い主さんが見つかって本当によかったです」と笑顔で返す。

「保護猫センターには、私から事情を説明しておきますね。いろいろと確認作業があって、お引き渡しできるのはその後になると思いますけど」

迷い猫の飼い主が名乗り出た際、中には売買や虐待目的などで嘘をついている場合があるので、本物の飼い主かどうか詳細な確認作業があるのだ。

香帆がそうまとめると、一彰は「なにからなにまで、ありがとうございます。本当にお世話になりました。後日、改めてお礼に伺いますので」と頭を下げた。

すると、それまで黙って話を聞いていた青藍が初めて口を開く。

「同じ街に暮らしているとわかったのだから、これからも苺と大福を会わせてあげるといいでしょう」

「え……?」

突然なにを言い出すのか、と一同の注目を浴びながら、優雅にフルーツクリームあんみつを平らげた青藍は満足げに続ける。

「なにせ、彼らはきょうだいだと言っていますからね」

「「え、えええええ⁉」」

唐突な衝撃話に、一同絶句する。

事情がわからず、きょとんとしている一彰に、信じられないかもしれないが、と前置きし、香帆は青藍が猫と話ができることを説明した。

「ほ、本当に苺と大福がきょうだいなんですか⁉」

「美月さんが苺を、一彰さんが大福を拾った時期と場所を、照らし合わせてみてください」

青藍にそう促され、苺と大福を拾ったのは約一年前の西口にある小さな神社が近くにある雑草地帯だったことが判明した。

「場所も、かなり近いですね」

推測するに、野良だった母猫がその草むらで彼らを産み落とし、しばらく育てた後、なんらかの理由で姿を消し、残された二匹が餌を求めて移動し、それぞれ美月と一彰に拾われたのではないかということだった。

「確かに、顔立ちもよく似てますね」

美月から、スマホに保存してある大量の苺の画像を見せてもらった一彰が納得する。

きょうだい猫なのに、柄や色が違うのはよくあることだ。

「こんな偶然、あるんですね……すごい……」

「僕も、びっくりしました」

なにより驚いたのが、と美月と一彰が声を合わせて叫ぶ。

「「二匹揃うと、苺大福！」」

あまりに息ぴったりだったので、香帆もつられて笑ってしまう。

「あの、ご迷惑でなければ、今度大福を連れてお邪魔してもいいですか？　大福も、苺ちゃんに会いたがっているようなので」

一彰がためらいがちに申し出て、美月が「ええ、もちろんです！」と快諾した。

「ねぇねぇ、青藍さん。ビックニュースです！　なんと！　一彰さんと美月さんが交際を始めたんですって！」

その日、いつも通り相談予約が入っている時間に店を訪れた青藍に、開口一番、香帆がそう報告する。

「そうですか、それは重畳ですね」

「あ、なんかとっくにわかってたって顔ですね」

苺と大福がきょうだいだと判明したその後、約束通り一彰は大福を連れて苺に会いに行ったらしい。

それからも互いの家を行き来するようになり、やがて飼い主たちも意気投合。

一彰が交際を申し込み、現在二人は順調に愛を育んでいるらしい。

「お二人がいずれ結婚ってことになったら、苺と大福も一緒に暮らせますね。本当によかった！」

と、お人好しの香帆は、我が事のように喜んでいる。

まだ交際を始めたばかりなのに、すでに結婚の話も出ているようだ。

一彰はごく普通の会社員で、もし結婚したとしても今の仕事は辞めず共働きの予定だと、店を訪れた美月は嬉しそうに報告してくれた。

相手が裕福でなくても、互いに尊重し合える関係で結婚するのが彼女にとってなによりしあわせなのだろう。

あのまま自分を押し殺し、無理をして亮輔の家に嫁がなくて本当によかった、と香帆は思った。

「でも、今回は猫絡みの相談で、思いがけず人間の縁結びまでできちゃいましたね。あやかしの青藍さんがご縁を結んだんだから、こういうのって、そう……あやかし婚活相談？　って言ってもいいかも！」

自身が思いついたワードに、香帆は悦に入る。

「今後、こういった相談が増えると思いますよ」

「え、本当ですか？」

店の近くには市が運営している動物愛護施設があり、そこでは保護された犬や猫たちが新しい飼い主を待ちわびている。

公爵曰く、今回の美月のように独身だといろいろ条件が厳しく、保護猫を引き取ることが難しい。

なので、猫を飼いたい独身の男女を引き合わせ、彼らが同棲、もしくは結婚すれば保護猫を引き取れるようになるかもしれないと言うのだ。

「人間同士の良縁が結べれば、保護猫の里親も増やせて一石二鳥でしょう。もちろん、多頭飼いになる際は私が人間との相性も考慮します」

「……その発想は、今までなかったかも」

まさに目から鱗の発想に、香帆は驚きを隠せない。

友人で、猫飼い同士が恋人になった子がいるが、同棲した際、双方の猫の相性がかなり悪く、やむなく同居を解消せざるを得なかったという話を聞いたことがあったので、事前に猫同士の相性を確かめるのは理に適っていると感心する。

「この私が、相談者たちの運命の赤い糸を見つけて差し上げましょう。糸の先にいるのは、人間か猫か楽しみですね。今後、許可を得られた成功例を仮名で公開すれば、結婚したい若い女性の興味をさらに引くことができるかもしれません」

「すごい！　名案ですね、青藍さん！」

香帆が歓声を上げたその時、青藍が気を抜いたのか、小さくくしゃみをした。

すると、その頭から猫耳がピンと飛び出す瞬間を、香帆は目撃してしまった。

「えっ、えっ⁉　今、耳が……？？」

「は？　いったいなんの話です？」

もう一度見ると、そこにはなにもなく、見間違いだったのかと香帆は目を擦る。

——でも、やっぱりいろいろ変だよね？

そんなこと、あり得ないと否定しながらも、ずっと気になっていた。

「……あの、ずっと思ってたんだけど……青藍さんって、やっぱり公爵……だよね？」

思い切って、再度香帆が問い詰めると、ふいに青藍が席から立ち上がる。

なにをする気だろう、と不思議に思って見ていると、彼は一歩、また一歩と香帆に迫ってきたので、必然的に香帆は後じさり。

そのまま壁際に追いやられて、ついに背中が壁につく。

「な、なんですか⁉」

それには答えず、青藍は勢いよく片手で壁に手を突き、ぐっと顔を接近させてきた。

——これは、いわゆる壁ドンというやつでは……⁉

生まれて初めての事態に硬直していると、青藍が香帆の耳許で囁く。

「ここだけの話ですが、なんでも我らあやかしの間では、人間の姿に変身したことを知られてしまった場合、相手を花嫁に迎えねばならない掟があるそうです。それでも、真実が知りたいですか？」

壁ドンされ、鼻先まで迫った青藍の美しい金と青の瞳から目が離せない。

——あれ……？　なんだか前にも、見たことがあるような……？

記憶の糸を手繰ってみても、すぐには思い出せなかったが、遠い昔、この美しい瞳に出会ったことがあるような気がした。

だが、今はそれどころではない。

――公爵が人間に変身できるのを知ってると、あやかしの花嫁にされちゃうってこと……⁉

「そ、それって……目撃されちゃったのが男の人とか、相手がご高齢だった場合はどうなるんです⁉」

「ノーコメントで」

若い女性だけ花嫁にするなんて、なんて都合がいい掟なんだ、と心の中で突っ込みを入れる。

「ご存じの通り、私は人間嫌いなので、人間の花嫁を迎えるのはなるべくならば避けたいところなのですが、これ以上詮索されるならやむを得ないですね。いかがいたしますか？」

『花嫁にされたくないのなら、今後質問禁止』と、青藍の眼差しが雄弁に物語っている。

目近で人の悪い笑みを浮かべられ、香帆はぶんぶんと首を横に振った。

「わ、私の勘違いでした！　猫が人間に変身するなんて、あるわけないですよね、あはは！」

とりあえず、このスタンスで押し切るしかない。

そう、日本には暗黙の了解という言葉があるではないか。

世の中には、わかっていても敢えて触れない方がいいこともあるのだ。

自己保身のため、一転して気づかないふりをすることに決めた香帆だ。

「せ、青藍さんは青藍さん！　公爵とはもちろん別人ってことで、いいですよね⁉」

「そうそう、世の中には知らない方がいいこともあるのですよ」

そう嘯（うそぶ）いた青藍が元の席に戻り、泰然とコーヒーを飲み始めたので、壁ドンから解放された香帆は胸を撫で下ろす。

――あ～、めっちゃドキドキした……！

男性慣れしていないので、この程度のことでときめいてしまった自分が情けない。

だが、脅しをかけてきたということは、やはり青藍は公爵が人間に変化した姿だと断定していいだろう。

なのにこのまま、二人が同一人物だということを黙認してもいいのだろうか？

――でも、そういえば青藍さんって、まるでこうなることをあらかじめ知ってたみたいだったよね？

香帆は、最初に美月に会った時の彼の言葉を思い出す。

『美月さんは、裕福だが傲慢で人の意見を聞かない男性と、平凡だが相手の話に耳を傾けて協力しようとする男性と、どちらと一生を共にしたいですか？』

あれは、前者が亮輔で、後者が一彰のことだったのではないか？

それもあやかしの持つ、不可思議な力なのだろうか？

しかし冷静に状況を鑑みれば、青藍の猫相談は当たると評判になりつつあり、予約枠はすぐ埋まるようになっている。

加えて美形の彼が店にいると、それだけで若い女性客たちの客寄せ効果があるので、今や店には欠かせない存在になっていた。

これから婚活相談でもさらにお客を増やせそうだし、考えなしに藪を突いて蛇を出し、今青藍を失うわけにはいかない。

――……うん、いろいろ見なかったことにしよう！

真相追究したい気持ちと、店の存続と利益を天秤にかけ、あっさりと店側に軍配が上がる。

それに最初からあやかしとわかっていて青藍と猫相談を始めたのだから、なにもかも今さらな気がした。

こうして、青藍は相変わらず堂々と相談役として店に入り浸り、果たしてこのままでいいのだろうかと悩みつつも、香帆はそのまま知っていて知らないふりを貫くことにしたのだった。

第二章

室井玲美は、昔から鎌倉で暮らすのが憧れだった。

横浜の製薬会社に就職が決まり、思い切って埼玉にある実家を出て一人暮らしを始めたのが、約十年前だ。

恋人の和志と知り合ったのも会社で、彼は三年ほど前に東京支社から同じ部署に転属していた。

同い年だったことや、共通の趣味だったテニスの話で意気投合し、和志からの猛アピールで交際が始まったが、職場恋愛はなにかと噂されるからと、周囲には秘密にしていた。

二人の交際は順調で、やがて玲美は自身の身体の変化に気づいた。

まさかと思い、産婦人科で検査してもらったところ、妊娠三ヶ月。

今年三十二歳になる玲美にとって、それは嬉しい報告だった。

喜び勇んで妊娠を告げると、和志は一瞬強張った表情を見せた。

それがショックで、思わず「嬉しくないの？」と聞くと、彼は慌てて「そんなことない、もちろん嬉しいよ」と答えた。

「結婚……するのよね、私たち？」

怖々そう確認すると、和志は「もちろんだよ」と言った。

「でも、結婚してすぐ子どもができたなら、人生設計を考えないと。俺は鍵っ子だったから、自分の子に同じ思いはさせたくない。だから玲美には、いったんは会社を辞めて、育児に専念してほしいんだ」

　怜美は今の仕事が気に入っていたし、今まで積んできたキャリアもある。子どもができても産休と育休を取得し、当然働き続ける気でいたのだが、和志はどうしても専業主婦になってほしいと言い張った。

　思えば、この時覚えた違和感は気のせいではなかったのだ。

　両親に相談すると、「和志さんの気持ちもわかるわよ。願いを叶えてあげたら？」と説得され、怜美はやむなく退職を決意した。

　その時抱えていたプロジェクトを放り出して辞めるのだから、寿退社だということはまだ秘密にしてほしい。

　和志に式の招待状を出す時に皆には話すから、と頼み込まれ、一身上の都合ということで退社した。

　結婚式の準備で忙しかったので、当時はさほどおかしいと感じる余裕もなかった。

　加えて、実家から連れてきた猫のミミが急に体調を崩し、二週間ほど寝込んだ後にあっけなく亡くなって、怜美は悲しみに暮れた。

　赤ちゃんができたことを、真っ先に報告したのも、ミミだったのに。

　ミミは埼玉の実家近くにいた捨て猫で、小学生の怜美が拾ってきた子だった。

　三毛猫の雌で、拾った時にミィミィと愛らしい鳴き声を上げていたから、名前はミミ。

生まれたばかりのミミにミルクをあげ、つきっきりで世話をしたのも怜美で、家族の誰よりミミは怜美に懐いていた。

実家を出る際、初めは急に環境が変わるのもかわいそうだから置いていこうと思ったのだが、それを察したミミが怜美から離れようとしなかったので、一緒に連れてきたのだ。

新しい環境に慣れられるか心配だったが、ミミは怜美のマンションで日がな一日日当たりのよい窓辺でのんびりしていたので、そう不自由はなさそうだった。

そうして、十年ほど二人で仲良く暮らしていたのだが、ミミも今年二十歳を迎え、人間で換算すると九十代半ばという高齢になった。

それまでほとんど病気らしい病気をしたこともなく、鎌倉に引っ越してからは近所にある行きつけの埜瀬動物クリニックで毎年健診を受ける程度だった。

急な体調不良に慌ててクリニックに駆け込んだが、覚悟はしていたものの、診断結果は老衰で手の施しようがないとのことだった。

そうして、何度目かの受診の最中、病院の診察台の上で、まるで眠るようにミミは亡くなった。

これから迎える新生活にも当然のようにミミがいて、今まで通り一緒に暮らせると思っていたのに。

怜美は目玉が溶けるかと思うほど泣いたが、そんな彼女の心を軽くしたのは、

「ミミちゃんが病気をしたこともほとんどなくて、健やかな一生を送れたのは、飼い主さんが常に心を砕いて愛情を注いできたからだと思いますよ。ここまで健康で長生きできた子はめずらしい。ミミちゃんは、しあわせだったと僕は思います」

それは共にミミの最期を看取ってくれた、クリニックの獣医師、智文の言葉だった。

生き物には寿命があり、ミミは無事天寿を全うしたのだと思うと、少しだけ悲しみが薄れる気がした。

ミミを火葬し、遺骨はしばらく部屋に置いておくことにした。

そうこうするうち、退社する日が迫り、部内での引き継ぎや送別会などをこなし、ばたばたと日々が過ぎていく。

三ヶ月後には挙式を控えていたので、悲しんでばかりもいられなかった怜美は、必死にミミを失った喪失感から自分を立て直し、結婚準備を進めたのだが。

まさか、こんなことになるなんて。

Date

室井怜美（三十二歳）の事情

「え……？　今、なんて……？」

「だから……結婚の話は、なかったことにしてほしいんだ」

まさか、聞き間違いであってほしいという願いを裏切るように、和志が気まずそうに視線を逸らす。

てっきり結婚式の席順について相談するのだとばかり思っていたら、呼び出されたカフェで、突然別れ話を切り出されるとは。

いつもなら直接怜美の部屋に来るのに、なぜか近くのカフェで待っていると言われた時から、なんとなく違和感はあったのだが。

そこは鎌倉の高級住宅街にある古民家カフェで、怜美のマンションから歩いて十分ほどの場所にある。

『小菊茶房』というそのカフェの存在は前から知ってはいたものの、通勤や買い物で通る道筋から外れているので今まで一度も入ったことはなかった。

自分と年齢が近そうな、感じのよい女性店主が、「今日はお天気がいいので、よかったらテラス席へどうぞ」と勧めてくれたので、庭にある席に座ることにした。

庭先からは女性店主が、カフェタイムに入った店内で忙しく立ち働いているのがよく見えた。

「なかなか言い出せなくて、遅くなって悪かった」

「……は？　結婚式まであと三ヶ月なのよ？　いったいなに考えてるの⁉」

「……式場は、もうとっくにキャンセルしてある」

「なんですって……？」

いつのまに、と一瞬あっけに取られたが、その用意周到さに、ようやく察しがつく。

この男は、自分が会社を退職するのを待って、別れ話を持ち出してきたのだと。

「……まさか、常務の娘さんとの縁談があるって噂を聞いたけど、違うわよね？　そんなこと、あるはずないわよね……？」

女子社員たちの間で、ひそかに伝わってきた噂だったが、もう挙式寸前なのに、あり得ないわと同僚相手に笑い飛ばしたばかりだったのに。

どうか、否定してほしい。

そんな切なる祈りは、次の言葉によって打ち砕かれた。

「知ってたのか。なら、わかるだろ？　俺にとってはまたとない出世のチャンスなんだよ」

驚いたことに、和志は悪びれもなくそう言い放つ。

まるで、彼のために怜美が身を引くのが当然だとばかりの態度だ。

「……私と婚約破棄して常務の娘と結婚した後、私が会社にいるとなにかと気まずいから、だから退職しろって迫ったたってこと？」

「そ、そんなつもりはなかったけどさ、でも怜美だって会社に居づらくなるだろ？」

あきらかに目を泳がせている態度で、彼の本心は丸わかりだ。

目の前にいるこの男は、最愛の伴侶になるはずだったのに怜美を欺き、結婚だけでなく仕事まで奪ったのだ。

どうしよう、怒りと混乱でうまく言葉が出てこない。

とりあえず動揺を押し隠すために、怜美は視線を周囲へ向ける。

隣のテーブルでは、なにやら妙に煌(きら)びやかで美形な男性と、二十代前半の女性がスマホを覗き込みながら話をしていた。

カフェエプロンをつけた女性店主も、いつのまにかその隣で一緒に話を聞いている。

店はいいのかな、と他人事ながら心配していると、どうやら若い男性店員がその間店を回しているようだ。

「で、どうですか？　うちの子はなんて？」

「引っ越しはしてほしくないと言っていますね。実家に戻ると、隣の家に大型犬がいるので、住み心地がよくないそうです」

「あ、確かに隣のお宅がグレート・ピレニーズを飼ってるんです。わ、すごい！　本当に猫の言葉がわかるんですね！」

――え、猫の言葉がわかる……？　今の、私の聞き間違い？

別れ話があまりにショックだったせいか、怜美の意識はまるで関係ない方に向いて現実逃避を始めていた。

「ここのカフェでの、猫相談の噂をネットで見かけて、眉唾かな～と思ってたんだけど、思い切って予約入れてみてよかったです。うちの子の気持ちを優先して、実家に戻るのはやめにして近所に部屋を探しますね。ありがとうございました！」

「お悩みが解決して、本当によかったです。なにかあったら、またいつでもいらしてくださいね」

と、女性店主が愛想よくその女性客を見送る。

すると、美男子がため息交じりに「これほど繁盛しているのですから、そろそろ相談報酬を取ってもいいでしょう。ボランティアをしているから、この店はいつまで経っても儲からないのです」などと苦言を呈した。

「まぁまぁ、これも人助けだと思って。皆が喜んでくれるんだから、いいじゃない？」

「……以前より打ち解けた感出してきましたね。私と公爵が『別人』だということをお忘れですか？」

怜美にはさっぱりその会話の意味がわからなかったが、それを聞いた女性店主は、あきらかに分が悪いと悟ったのか、「あ、オーダー入りそう」と呟き、そそくさと席を立つ。

「怜美、ちゃんと聞いてるのか？　なんとか言えよ」

すると、そこで苛立った声で和志に名を呼ばれ、怜美はようやく我に返る。

そうだ、今は別れ話の最中だったと、途端に現実が戻ってきた。

そして彼は懐から封筒を取り出し、怜美に向かって差し出す。

「五十万入ってる。これで勘弁してほしい」

自分が好きになった男は、こんな下卑た表情をしていただろうか……？

わからない、なにもかも。

絶望で目の前が真っ暗になり、怜美はしばらく声も出せなかったのだが。

「それと……子どもを堕ろす費用込みってことで。まだ間に合うだろ？」

そう言われた瞬間、かっと頭に血が上り、椅子を蹴倒して立ち上がっていた。

だからか。

だから、子どもができたと報告した瞬間の、あの複雑そうな表情は、これが答えだったのか。

怒りで、握りしめた拳が震えた。

「馬鹿にしないで……！　あなたに迷惑はかけない、この子は、私一人で育てる！　あなたみたいな無責任な父親は必要ないわ！」

そう叫んでしまった後、店内の客の視線を感じてはっとする。

近くにいた女性店主にも、当然聞こえてしまったのだろう。

見ているこちらが気の毒になるほど、おろおろと狼狽している。

ふと見ると、隣のテーブルの美男子とも目が合ってしまい、いたたまれなくなった怜美は封筒を和志に突き返し、逃げるように店を立ち去った。


思えば、怜美の妊娠が判明するより前から、すでに常務の娘とはつき合っていたのだろう。

二股をかけられていたことに、まったく気づかなかったなんて。

あんな最低な男だと見抜けなかった自分に、嫌気が差す。

いや、結婚する前に本性がわかってよかったと思おう。

けれど、結婚式を楽しみにしていた両親に、なんて言えばいいだろう?

さまざまな思いが、怜美の心を掻き乱す。

なにより、和志の裏切りは許せない。

——会社に乗り込んで、洗いざらい暴露してやろうか……。

怜美が婚約不履行で和志を訴えれば、常務の娘との結婚話も立ち消えになるだろう。

和志も会社を辞めることになるかもしれない。

どす黒い復讐心(ふくしゅうしん)が胸に渦巻き、一瞬それに呑み込まれそうになった時、ふと枕許に飾ったミミの写真が目に入る。

おっとりとした表情の、奇跡の一枚といっていい最高に可愛く写っているもので、ミミが亡くなる前からずっと飾ってきた写真だった。

「……ミミ、赤ちゃんができた時、ミミに真っ先に報告したのに、こんなことになっちゃったよ……」

ショックすぎて和志の前では出なかった涙が、部屋で一人になるとようやく溢れてくる。

負けず嫌いで他人に弱みを見せたがらない怜美だったが、昔からこうしてミミの前でだけは弱音が吐けたのだ。

誰にも言えない秘密も、ミミにはなんでも相談できた。

一人っ子だった怜美にとって、子どもの頃から一緒に暮らしてきたミミは当然家族であり、姉妹のような存在だったのだ。

だが人生で一番つらい今、ミミはもうそばにはいない。

婚約破棄よりそのことの方が悲しくて、怜美は声を上げて泣き続けた。

だが、いつまでも落ち込んでばかりはいられない。

実家の両親には、電話で結婚は白紙に戻したと報告したが、妊娠のことは告げなかった。

言ったら大騒ぎになるのは目に見えている。

案の定、破談になった理由をいろいろ問い質(ただ)されたが、性格の不一致で押し通し、しばらくはそっとしておいてほしいと突っぱねた。

子どものことは、親には出産後に話そうと決め、後のことは考えないようにする。

日一日とお腹の子は成長しているし、出産したら当分働けないので、ギリギリまであらかじめ生活費を稼いでおかねば育児に専念できない。

それより、今の部屋は一人暮らしということで賃貸契約しているが、子どもを産んだらここも追い出されてしまうのだろうか？

なにもかもわからないことだらけで、不安は募るばかりだ。

——和志の言うなりになって、会社を辞めなきゃよかった……。

前の会社は一部上場企業だったので、産休に育休などの複利厚生も手厚く、安心して出産できただろう。

まさに人生最大の後悔だったが、あとのまつりだ。

両親の助けも借りず、たった一人で出産し、子どもを育てるなんて、本当にできるのだろうか……？

とりあえず、これから先すべてにおいてお金がかかることは間違いない。

退職金と今までの貯金で当座はなんとかなるはずだが、先が見えない不安から、怜美は一日も早く次の仕事を探したいと焦っていた。

幸いつわりも軽かったので、毎日ハローワークに通い詰め、契約社員でなんとかテレアポの仕事に就くことができた。

ほかにも在宅でできる仕事を探し、無理のない範囲でできるデータ入力の仕事も見つけた。

出産前ギリギリまでは働き、産後に備えるつもりだった。

忙しくしていないと、逆に将来への不安に押し潰されてしまいそうだったから。


こうして新しい職場に通い始め、ようやく少し落ち着いてきた、とある休日。

まとめて家事と掃除をこなし、仕上げに一週間分の食料を買い出しに行こうとマンションを出る。

そこでふと、和志と別れ話をしたカフェのことを思い出し、わざわざ遠回りして寄ってみた。

休日だったせいか、ちらりと店内を覗くと若い女性客たちで賑(にぎ)わっている。

あんな大恥を掻いたので、もう二度と来られないはずの店に立ち寄るのは、痛い奥歯を舌先で押すような妙な快感があった。

もちろん入る気はなく、そのまま通り過ぎようとした、その時。

「あれ、室井さん?」

ふいに名を呼ばれ、怜美はぎくりと振り返った。

背後にいたのは、なんと埜瀬クリニックの獣医師、智文だった。

恐らく自分と同年代である彼は、痩せ形でひょろりと背が高く、眼鏡(めがね)をかけた温厚そうな男性だ。

「……先生」

「こんにちは。あの……お元気でしたか?」

「……ええ」

曖昧な笑みを浮かべ、怜美は視線を逸らす。

本音を言えば、彼には会いたくなかった。

たとえ大往生の寿命だったとしても、彼の顔を見ると、どうしてもミミが亡くなった時のことを思い出してしまうから。

だが、会ってしまったからにはやむなく、会話を続ける。

「おかげさまで、先生に教えていただいた動物霊園を予約させていただきました。その節は、本当にお世話になりました」

「いえ、そんな。そうですか。あそこはいつでもお参りに行けますから、きっとミミちゃんも喜びますね」

と、智文は眼鏡越しに温和な笑みを見せる。

埜瀬動物クリニックは、智文と父親の二人で経営しているのだが、さほど規模は大きくないのに夜の急患などにも親身に対応してくれるので、ミミがいる間は安心できてとてもありがたい存在だった。

「なにかあったらいつでも連絡を」と智文は各飼い主に携帯電話の連絡先も教えてくれるので、昼夜問わず忙しそうでプライベートな時間もないのでは、と当時から心配するほど仕事熱心だった。

見立ても正確で、近所での評判もいいので、常に混んでいるのが難だったが。

――でももう、お世話になることもないだろうけど。

ミミ以外の猫を飼う気がない怜美は、もうこの先生に会うこともないのだな、とぼんやり考える。

新しい子を迎えれば、ミミを失った悲しみは和らぐのかもしれないが、当分はそんな気にはなれなかった。

「こちらのカフェには、よくいらっしゃるんですか？」

「ええ、先代の頃から。先代がご高齢で引退されて、今はお孫さんが経営されてるんです。ランチもスイーツもおいしいですよ」

病院が昼休憩に入ったので、ランチを摂りに来たんです、と智文は人懐っこい笑顔で言った。

「そうそう、最近猫相談っていうのを始めたらしいです。口コミだけでけっこう人気で、予約がなかなか取れないんだとか」

「……猫相談？」

聞いたことがなかったので怜美が訝しげな表情をすると、智文が説明してくれる。

なんでも、猫の言葉がわかる男性がいて、ワンドリンク・ワンフード制だが相談料は取らずに猫絡みの相談に乗ってくれるらしい。

「うちの患者さんたちの間でも噂になっていて、本当にその子しか知らないことを言い当てるんで、本物だって騒がれてるんです。僕も興味があって、今日はちょっと鑑定の様子を偵察してみようかなと」

獣医師である智文も、患畜の言葉がわかればどれほど治療の助けになるだろうと常日頃から考えているらしい。

「そうだ。お時間あるなら、室井さんも一緒にいかがですか？」

そう誘われ、とてもそんな気分ではなかったのだが、怜美はいつのまにか頷いていた。

なにより、猫の言葉がわかるという男性を見てみたいと思ったのだ。

智文の話では、天気のよい日はいつも庭にあるテラス席で鑑定しているらしいので、応対に出た若い男性店員に、テラス席希望の旨を伝える。

すると、四阿にある席で男性と若い女性客の姿が見えた。

——あ、あの人……こないだの……。

その目立ちすぎるルックスで、いやでも思い出したくない、人生最悪の日に見かけた美男子だと気づく。

あの人が、猫の言葉がわかる相談役だったのかと怜美は内心驚いた。

智文は、彼らの話が気になるようで、四阿から一番近くの空いていた席へと怜美を誘導する。

「ありがとうございました。絶対また来ます！」

鑑定がちょうど終わったところだったのか、女性客が去り、美男子の隣に座っていた女性店主が、そのまま立って怜美たちの席へオーダーを取りにやってくる。

「埜瀬先生、いらっしゃいませ」

「こんにちは、香帆さん」

どうか、香帆と呼ばれた店主が自分のことを憶えていなければいい、と願いながら、怜美はぎこちなく会釈した。

「いらっしゃいませ、どうぞゆっくりしていってくださいね」

「いやぁ、実は猫相談のことが気になって、今日はこっそり偵察に来たんですよ」

根が正直者なのか、智文がさっそく暴露してしまっている。

「そちらが、噂の青藍さんですか？　初めまして、僕は近くにある埜瀬動物クリニックで、獣医師をしております、埜瀬智文と申します」

と、埜瀬は礼儀正しく挨拶するが、当の青藍と呼ばれた美男子は、そしらぬ顔でコーヒーを飲んでいる。

どうやら、かなりお高く止まっているタイプのようだ。

「す、すみません、青藍さんってば愛想がなくて」

香帆が慌てて代わりに謝っている。

「前にも言ったでしょう。私は人間が嫌いなのです」

青藍の方は、まったく悪びれるそぶりもない。

——おかしなこと言うのね。自分も人間なのに。

凄まじい美形ではあるが、相当変わり者みたい、と怜美は内心失礼な感想を抱く。

「こちらは、うちの患者さん……だった室井怜美さんです」

智文が紹介してくれたので、怜美もやむなく会釈する。

するとと、青藍はなぜか怜美のことをじっと見つめた。

そして、「最近、大切な子を亡くされたのですね。二十年も共に過ごした、最愛の相棒を」とさらりと告げる。

「え……?」

内心ドキリとし、動揺してしまう。

なぜ、そのことを初対面の彼が知っているのか?

自分は猫相談に申し込みもしていないので、マナー違反だとわかっていたが、それでも聞かずにはおれなかった。

「それ、ミミのことですか⁉　ミミは、無事天国に行けましたか……?」

なにより気になっていたことを質問すると、青藍はなぜか怜美の座席の足許へ視線をやり、そして首を横に振った。

「残念ながら、答えは否です」

「え……?」

「まだ、あなたの足許にいますよ。あなたのことが心配で、そばを離れられないようです」

「そんな……」

思わず自分の足許を見るが、当然ながらミミの姿は見えない。

するると青藍は、同じ場所を見つめながら続けた。

「あなたは、この先どうするおつもりなのです？　一人でお腹の子を育てる決心はついたのですか？」

「どうして、それを……」と驚愕しかけ、別れ話の日のことを思い出す。

と同時に、恥ずかしさでかっと頬が上気した。

「あ、あの時、私たちの話を聞いていたんですね⁉　いきなり失礼じゃないですか！」

しかも智文もいるのに、こんなところでかなりデリケートな内容のプライバシーを暴露するなんて。

案の定、智文が『自分が聞いてはいけないのでは』といった表情で動揺を押し隠しているので、怜美は憤慨する。

「も、申し訳ありません！　青藍さん、守秘義務、守秘義務っ！　埜瀬先生もいらっしゃるんだからっ」

香帆がまた代わりに謝罪するが、青藍は「埜瀬先生はいいんです。今後関係者になりますから」などと意味不明のことを言い、怜美に一瞥をくれる。

「この私が、盗み聞きなどという低俗な真似をするとでも？　許しがたい侮辱ですね。婚約破棄のことも、妊娠のことも、すべてミミから伺ったのですよ」

「なんですって⁉　ミミはもういないのに、話せるわけないじゃない！」

ミミを引き合いに出され、怜美はますます激昂した。

「もういいです、失礼します……！」

「あ、あの……！」

香帆が慌てて呼び止めてきて、まだ注文もしていなかったが、憤りと羞恥でその場にいるのが耐えられなくなって、怜美はそのまま店を飛び出した。

ひどい、ひどいわ。

やっぱりあんな店、行くんじゃなかった。

ミミの主治医だった智文にまで、プライベートな事情を知られてしまった。

もはや買い物に出たことも忘れ、最悪な気分でそのままマンションへ戻る。

「ミミ……本当に私が心配で、まだ天国へ行けないの？」

ミミのお気に入りの場所だった出窓近くに飾ってある遺骨にそう語りかけても、当然ながら返事はない。

ペットを失った飼い主の悲しみにつけ込んで、詐欺かなにか働く気なんだ、と青藍の言葉を一蹴しようとしたが、どうしても気にかかる。

智文に聞いたところでは、例の猫相談は相談料自体取っていないらしいので、客寄せや店の話題作りにはなるだろうが、完全なるボランティアなのだろう。

怜美にあんなことを言っても、店にも青藍にも一円の得にもならない。

第一、自分は今日偶然立ち寄っただだけで予約もしていないし、連絡先すら明かしていない。

そんな自分を騙したところで、彼らになんの利益もないのはわかっていた。

「……ミミ、まだ天国に行ってないなら、お願いだから私にも姿を見せて……」

リビングの中央に蹲り、玲美は一人声を押し殺して泣いた。

すると。

どこか遠くから、微かに鈴の音が聞こえてくる。

それは、ミミの首輪についていた鈴の音だった。

さんざん聞き慣れていた音なので、間違いない。

「ミミ……!?」

驚いて立ち上がり、周囲を見回すが、姿は見えない。

だが、ふっと風が吹いた感覚があり、足許に一瞬温かいものが触れた。

いつも、ミミが身体を擦り寄せてきた、あの感覚だ。

「ミミ……ミミなのね……」

ああ、ミミはまだこの部屋にいてくれる。

それが嬉しくて、玲美は今度は嬉し涙を流したのだった。

「今日のあれは、よくないよ〜、さすがに。ちょっと、聞いてる？　公爵」

店を閉め、ようやく二階へ上がると、公爵が戻っていたので香帆はさっそくお説教タイムに入る。

すると、公爵はツンと顎を反らせた。

「なぜ私に言うのです？　説教なら青藍本人にすべきでは？」

「あっと、そういう設定だったよね」

と、うっかり本音を口にしてしまい、香帆は慌てて誤魔化す。

公爵と青藍が同一人物らしいと判明しても、今のところ彼らの日常はなにも変わっていない。

スイーツが美味だったり、ご機嫌な時たまに青藍に猫耳と二股の尻尾が出る時があるのだが、どうもほかの人間には見えていないようなので、香帆は触りたいのを我慢しつつ、そしらぬふりを貫く毎日である。

「今のは聞かなかったことにしてっ。とにかく！　埜瀬先生もめっちゃ気まずそうだったし、ああいうプライベートなことをいきなり人前で暴露するのはよくないよ。それに彼女は猫相談に申し込んだ人じゃないんだし……」

普段は人間嫌いを豪語しているのに、なぜ申し込みもしていない彼女にわざわざ苦言を呈するのだろうと、香帆も不思議だったのだが。

「事情は、すでに青藍から聞いているので、これは私からの忠告です」

そう公爵が切り出すと、香帆は『……その設定、今後も続けるんだ』という顔をした。

「彼女の愛猫のミミは天寿を全うして亡くなったので、本来ならなんの問題もなく天国へ行けたはずなのです。ですが、飼い主がひどい状況に陥っているので、心配でそばを離れられなくなってしまいました。今もミミは現世に引き留められている状態です。怜美さんの身辺が落ち着くまでは、成仏するのは難しいでしょうね」

「それって……こないだのことだよね？」

初めて来店した時、怜美が男性と修羅場を演じた光景を香帆は思い出す。

決して聞き耳を立てていたわけではなかったのだが、二人の会話が聞こえていたので、だいたいの事情は推察できた。

結婚を目前に控え、しかも妊娠中の身で将来を約束していた相手に裏切られるのは、どれほどつらいことだろう。

想像しただけで、香帆も胸が重くなる。

「つらい現実を受け入れられず、怜美さんは現実逃避で亡くなった飼い猫を求めているのです。ですが、それはミミを決してしあわせにはしないのだと、本人が自覚しなければ意味がないのですよ」

――そうか、公爵は……じゃない、青藍さんはミミちゃんのために憎まれ役を買って出たんだ。

香帆は、ようやくそれに気づく。

「なんとか、またお店に来てもらえないかな？　もし怜美さんが来たら、相談予約はいつでも入れていい？」

「青藍本人にお言いなさい」

「……あ～もう、面倒くさいなぁ」

「おや、あやかしの花嫁になる覚悟ができたのですか？」

「……え～っと、明日青藍さんに相談しようっと。ご飯にしよっか！」

旗色が悪くなった香帆は、そそくさと公爵のカリカリを用意し、自分も夕飯の仕度を始めたのだった。

　というわけで、しかたがないので青藍に相談しようと、翌日は朝から待ち構えていた香帆だったのだが。

「なにしてるんですか？　もう予約の方いらしてますよ？」

　香帆の呼びかけも無視し、青藍は店の前の歩道で仁王立ちしたまま動かない。

　予約時間より少し早く現れた彼は店には入らず、なぜかさきほどからずっとこうしているのだ。

　すると、ややあって通りの向こうからこちらへ歩いてくる人影が見えた。

　だんだん近づいてくると、それは怜美だった。

「あ、怜美さん！」

　もしかして、青藍は彼女が来るのを予知していたのだろうか？

　とりあえず香帆も、彼女の許へ駆け寄り、まずは開口一番謝る。

「昨日は、いやな思いをさせてしまって本当にすみませんでしたっ。青藍さんは人間嫌いで……っていうか、この人どっちかっていうと人間より猫寄りの方なので。って、なに言ってるかわからないですよね」

　恐縮した香帆がぺこりと一礼すると、怜美は居心地が悪そうにうつむき、「……店主さんはなにも悪くないので、謝らないでください」と呟いた。

　――う～ん、この言い方だと、青藍さんが悪いってめっちゃ思ってるよね……。

ちらりと青藍の様子を窺うが、こちらはこちらで腕組みしたまま怜美を睥睨して、実に険悪なムード満載である。

怜美も負けずに眉間に皺を寄せて応戦し、店先で奇妙な睨み合いが続く。

「特別に予約を入れて差し上げます。さぁ、中へお入りなさい」

「……けっこうです。私、なにも困ってませんので。き、今日は買い物に行くのに通りかかっただけですからっ」

青藍を警戒するように、怜美は一歩後じさる。

まるで、彼に近づいたらミミを失ってしまうとでも思っているかのように。

「わかっているのですか？　あなたが解放してあげなければ、ミミは天国にも行けず、永遠に現世を彷徨(さまよ)い続けることになるのですよ？」

すると、怜美はぎくりとした様子で身を震わせた。

「……余計なお世話ですっ、もう私のことは放っておいてください……！」

「あ、怜美さん！」

半ば逃げるように立ち去ってしまった怜美を、香帆は見送るしかない。

嘆息し、青藍もさっさと店内へ入っていってしまう。

「まったく手に負えませんね。これだから人間は嫌いなのです」

本当は、怜美は青藍に会いに来たのではないか？

一人店先に取り残された香帆は、そう思った。


智文に紹介してもらった動物霊園を予約してあるのだが、四十九日はとっくに過ぎても、まだ寂しくて納骨できずにいる。

もう一日、あと一日だけだから。

こんなことでは、駄目だ。

ミミは自分が心配で、ますます天国へ行けなくなってしまう。

そう頭でわかっていても、部屋の中で鈴の音が聞こえ、ミミの気配がするとほっとする。

たとえ幽霊でもいい、そばにいてほしいという気持ちの方が勝ってしまうのだ。

そうしてずるずると、月日だけが過ぎていく。

新しいテレアポの仕事にも慣れてきたが、自分の身の上を詮索されるのがいやで、故意に職場で友達は作らなかった。

今はもう、誰も信じられない。

玲美はすっかり人間不信に陥って、心を固く閉ざしていた。

仕事の合間を縫って出産に必要なものを前もって買い揃え、入念に準備する。

赤ちゃん用の食器を買いに行くと、仲睦まじく二人で買い物をしているカップルが目につき、早々に店を出た。

なぜ？　どうして？

なにが悪くて、自分だけがこんな目に遭わなければならないのだろう？

大荷物を提げ、部屋へ戻ると、どっと疲れが出る。

妊娠してから、ひどく疲れやすくなってしまって、少々立ちくらみがした。

「ミミ」

最近では名を呼ぶと、ミミは大抵鈴の音を鳴らし、時には微かに鳴き声が聞こえることもあった。

もう餌を用意したり、猫トイレを掃除したりできないのは寂しいが、ミミは確かにここにいてくれる。

それは玲美にとって、なにより心の支えだった。

——あんな人の言ったことなんか、気にしない。

たとえ幽霊でも、私はミミさえいてくれれば、それでいいんだから。

何度もそう自分を正当化するが、心のどこかで常に青藍の言葉が引っかかっている。

『あなたが解放してあげなければ、ミミは天国にも行けず、永遠に現世を彷徨い続けることになるのですよ？』

思いあまった怜美は、あれから何度か『小菊茶房』の前まで訪れたのだが、どうしても中に入る勇気が出なかった。

青藍に会うのが、怖かったのだ。

そうこうするうち、妊娠六ヶ月目を迎え、お腹も徐々に目立ってきた。

忙しくしていないと、余計なことばかり考えてしまうので、怜美は出産準備を進めながらデータ入力の仕事も増やした。

家で、ミミの鈴の音を聞きながら話しかけ、作業するのが楽しかった。

――頑張らなくちゃ……この子を守れるのは、私だけなんだから。

最初から父親がいない子にしてしまったのは、自分にも責任がある。

だから、この子は一人で立派に育てなければ。

そんな焦燥が怜美を支配し、彼女はなにかに追い立てられるように働いた。

出産後しばらくは働けなくなるので、少しでも多く貯金をしておかなければ不安でたまらなかったのだ。

そんな無理が祟(たた)ったのだろうか。

怜美は次第に体調不良を感じるようになった。

時折目眩（めまい）に襲われ、しばらく動けなくなる。

だが、怜美は仕事を休もうとはしなかった。

――これくらいのことで、寝込んでなんかいられない。私は強くならなきゃいけないんだから……っ。

気負いすぎていた怜美は、自身にかかっていた重圧や負担から目を背け続けた。

そうして、少しずつ精神的肉体的疲労に蝕（むしば）まれていったのだ。


「あれから怜美さん、ぜんぜん店に来てくれないよね……」

夕飯の食器を洗いながら、香帆が公爵に話しかける。

「心配だなぁ……なにか私にできることはないのかな？」

「相変わらずお人好しが過ぎますね。これは怜美さん自身が自覚しなければ駄目なのです。馬を水辺に連れていくことはできても、水を飲むのを強要はできない。私たちにできるのは、ここまでです」

「それはわかってるんだけど……」

洗い物を終えた香帆は、ソファーで寛いでいる公爵の前に座り込む。

「心配で心が落ち着かないから、抱っこさせてくれる？」

「却下です」

「せめて、肉球触らせて！　匂い嗅ぐだけでも元気出るから！　公爵の肉球はポップコーンみたいに香ばしくていい匂いがするんだよ〜」

食い下がると、公爵に斜め下四十五度の角度で冷たく睥睨される。

「んも〜公爵冷たい！　最近公爵ぜんぶ自分でやっちゃって、ぜんぜんお世話させてくれないから寂しいのにっ」

香帆に正体を明かしてから、公爵は必要がなくなったので以前のように普通の猫を装わなくなってしまった。

毛並みもつやつやで、いつも完璧な見た目を保っているから、飼い主としてすることがない香帆は公爵欠乏症に陥っていた。

「……しかたのない人ですね。では、ブラッシングなら許可しましょう」

「やった！」

ようやくお許しが出たので、香帆はウキウキしながらブラシを用意し、公爵を膝に乗せて丁寧にブラッシングを始めた。

久々に触らせてもらえたのが嬉しくて、ブラッシングをしながら、ついみごとな毛並みを撫でてしまう。

また怒られるかと思ったが、目を瞑った公爵はじっとしているので、これくらいは許容範囲ということなのだろう。

――撫でてあげるとこんなに気持ちよさそうなのに、公爵ってよくわかんないな……。

本音を言えば、もっともっと撫でさせてほしいし、抱っこさせてほしい。

だが、公爵はなぜか香帆に対して一定の距離を置き、決してそれを縮めようとはしないのだ。

一緒に寝てくれないくせに、毎晩必ず香帆の布団の足許に寄り添って眠るのだから、ツンデレが過ぎる。

人間に変化している青藍の時には触ったり撫でたりするわけにもいかないのだから、せめて猫の時くらいは、と思うのだが。

「でも、怜美さんの気持ちわかるなぁ……私だって、もし公爵が死んじゃったら、たとえ幽霊でもそばにいてほしいと思っちゃうもの」

そう感想を漏らすと、公爵が薄目を開けて香帆を振り返る。

「ほぅ、あなたでもそんな殊勝なことをおっしゃるのですね」

「本心だよ。私にとって、公爵は大事な家族だもん」

「……心配せずとも、この身はあやかし。少なくとも人間のあなたよりは長命です」

「ホントに？　よかったぁ」

「ですが、そうしてまた私は置いていかれるのですがね……」

そう、ぽつりと公爵が呟く。

——また置いていかれる……？　どういう意味？

問い返したかったが、公爵はブラッシングに満足したのか、さっさと定位置のソファーに戻ってしまった。

「人の心配より、新メニューの方はどうなっているのです？　青藍に頼んであるので、彼に試食をお願いなさい」

「……は～い」

この設定、いい加減面倒くさいと思いつつも、香帆は逆らわずにおくことにした。


その数日後。

いつものように、四阿の席で若い女性客の相談中、ふいに青藍がなにかを感じたように虚空を見上げてフリーズした。

「青藍さん？　どうしたんですか？」

隣に座っていた香帆が訝しげに声をかけると、彼はいきなり席から立ち上がる。

「すみませんが、急用ができたので続きはまた後日にしてください」

「は……？」

「香帆さん、行きますよ」

「え？　え？？」

あっけに取られている女性客を尻目に、青藍がさっさと店を出ていってしまったので、香帆は慌てて彼女に謝罪し、美智也に店を頼んでエプロン姿のまま彼を追いかける。

「待ってください！　いったいどこ行くんですか？」

「怜美さんのマンションです。ミミが案内してくれるので、行きますよ」

「ど、どういうことです……？」

さっぱりわけがわからなかったが、青藍が真剣な表情だったので、とりあえず香帆はミミの後についていっているらしい彼の後を追った。

「ここです」

十階建てのマンションを見上げ、エントランスへ入ろうとすると、そこへケーシー白衣姿の智文が血相を変えてこちらに走ってくるのが見えた。

「埜瀬先生⁉」

「香帆さんに青藍さんも、どうしてここに？」

「先生こそ、どうしたんですか？」

全力疾走してきたのか、智文は荒い呼吸を肩でつきながら、続ける。

「あの……信じてもらえないかもしれませんが、今僕のところにミミちゃんが来たんです」

「え……？」

すでに亡くなったはずのミミが、青藍のところだけでなく智文の病院にまで現れたとは、いったいどういうことなのだろう、と香帆は首を傾げる。

「病院で入院中の患畜を診ていて、ふと気づいたら、ミミちゃんが……こう、僕の足に身を擦り寄せて、必死にパンツの裾を噛んで引っ張るんです。間違いありません、あれは確かにミミちゃんでした。だから、咄嗟に室井さんになにかあったんじゃないかって、思わず病院を飛び出してきたんです」

「と、とにかく、怜美さんのお部屋へ行ってみましょう……！」

香帆たちはエレベーターに乗り込み、彼女の部屋がある七階で降りる。

が、部屋のインターフォンを鳴らしても応答がない。

「怜美さん、いらっしゃいますか!?」

香帆が大声を上げて呼んでみるが、返事はなかった。

無意識のうちにドアノブに手をかけると、すんなりドアが開く。

「……鍵、開いてるみたいです」

香帆と智文が顔を見合わせ、一瞬躊躇（ためら）ったがドアを開けて玄関へ入った。

「無断で失礼します、怜美さ……」

玄関前の廊下から、その先にあるリビングが見え、横になった怜美の足先が確認できた瞬間、香帆の背筋に冷たいものが走る。

思わず靴を脱いで部屋へ上がり、倒れている彼女に駆け寄った。

「怜美さん、しっかりしてください！　怜美さん！」

必死に声をかけるが、ぐったりとした怜美は意識がない様子だ。

青藍が、智文に向かって「救急車を」と告げる。

「わ、わかりました！」

『怜美、怜美……』

どこか遠くで、自分の名を呼ぶ声がする。

――誰……？

目を開けようとするが、ひどく眠くて。

今まで必死に一人で頑張ってきたけれど、なんだかいろいろともう、疲れてしまった。

このまま永遠に目覚めなくてもいいと思ってしまう。

そうしたら、ミミとずっと一緒にいられるかもしれない。

『そんなことを考えては駄目よ、怜美』

その声にはっと飛び起きると、そばにいたのはなんとミミだった。

「ミミ……人間の言葉が話せるの⁉」

『今だけ、あのお方にお願いしたの。どうしても、怜美に私の思いを伝えたかったから』

「ああ、ミミ……本当にミミなのね、会いたかった……！」

嬉しさのあまり、怜美はミミを抱きしめる。

この手触りと温もり。

それに懐かしい、日なたの匂い。

それらは確かに生きていた頃のミミで、嬉し涙が零れた。

「あの方って、誰？　もしかして青藍さんっていう人？」

だが、その問いには答えず、ミミはじっと怜美を見上げている。

『怜美がつらい思いをしていると、私も悲しくてつらい。でも無理をしすぎては身体を壊してしまうわ。どうか自分を大事にしてあげて』

怜美に抱かれながら、ミミが告げる。

「……いいの、どんなにつらいことがあっても、ミミがそばにいてくれれば大丈夫。ね、このままずっと私のそばにいて。お願いよ」

『私たちはもともと寿命が違う生き物なのよ。だから、私が先に逝くのは最初から決まっていたことでしょう?』

「でも、でも……っ!」

それでも、もっともっとそばにいてほしかった。

今まで通り、一緒に暮らしたかった。

涙で声が出ない怜美に、ミミは優しい眼差しを向ける。

『あなたが私を拾ってくれたあの日から、私たち、まるで姉妹のように育ったわね』

そう、実家近くの空き地で、二十年前の寒空の下、生まれたばかりだったミミを見つけたのは小学生だった怜美だった。

母猫は不在で、五匹同時に生まれたほかのきょうだいたちは皆寒さで弱り、すでに亡くなっていたが、ミミだけがまだ息があり、怜美は自分のマフラーに包んでミミを自宅へ連れ帰った。

飼うなんて駄目よ、どうせ最後まで面倒見られないんだから、と母にさんざん反対されたが、絶対に自分が面倒を見るから、と泣いて懇願し、動物病院へ連れていってもらった。

それから怜美は、弱りきっていたミミにミルクを飲ませ、ゲップをさせてやり、献身的に看病した。

幸い、一時は助からないと思われたミミは、怜美のおかげで持ち直し、日に日に回復していった。

怜美の様子を見て、両親も考えを改め、ミミを我が家の飼い猫として迎える気になってくれたのだ。

こうして、ミミはうちの子になった。

ミミはスクスクと成長し、元気でやんちゃな成猫に育った。

家ではいつも一緒で、中学に進学してからも寄り道もせず、まっすぐ家へ帰る。

そうすると、ミミはまるで怜美の帰宅がわかるかのように、いつも玄関で出迎えてくれるのだ。

一人っ子だった怜美にとって、ミミはまるで姉妹のような存在だった。

たとえ言葉は話せなくても、心はいつも通じ合っていて、ミミの気持ちはわかっていると思っていたはずなのに。

自分は最後に、ミミを悲しませてしまったのかもしれない。

『怜美が助けてくれなかったら、私はあの時死んでいた。この命は、あなたにもらったと思ってる』

「ミミ……」

『でもそろそろ、お別れの時間なの。私も、精一杯頑張って長生きしたわ。あなたのおかげでちゃんと天寿を全うできたんだから、どうかあまり悲しまないで』

ミミを抱きしめながら、怜美は駄々っ子のように首を横に振る。

行かないで、寂しい。

でも……このままではいけないことは、とっくの昔にわかっていた。

「どうしても……駄目なの?」

ボロボロと大粒の涙を零す怜美を、ミミは切なげに見上げる。

『それが世の理(ことわり)なのよ。あなたが前に進めないと、私が心配で心配で天国に行けないの』

今までずっと、気づかないふりをしていた。

自分がミミの成仏を妨げる存在になっていたことを、どうしても認めたくなかったのだ。

「ごめんね、ミミ。私のせいで」

亡くなってすぐ天国に行けたはずのミミを、自分の我が儘で今日まで現世に引き留めてしまった。

ミミを大切に思っているなら、笑顔で送り出してあげなければ。

怜美は涙を拭い、顔を上げる。

「……うん、わかった！　私はもう大丈夫だよ。お腹の赤ちゃんと二人で、なんとか頑張ってみる。今まで心配ばっかりかけて、本当にごめんね」

怜美の言葉にほっとしたのか、ミミはするりと彼女の腕をすり抜けた。

『赤ちゃんが無事生まれることを祈ってる。そして……そうね、子育てが一段落した頃、私は生まれ変わってあなたのそばに現れるかもしれない。そうしたら、また私と暮らしてくれる？』

「もちろんよ……！　ミミのことは、絶対にわかるから、私、きっとあなたを探しに行くわ！」

一秒も迷わずそう返事した怜美に、ミミは嬉しそうに鳴いた。

『ありがとう、怜美。最後に話せてよかったわ』

いつのまにか、目の前には大きな虹がかかっていた。

猫たちが亡くなると、天国の前にあるという虹の橋へ向かうと聞いたことがある。

そこで彼らは生前のように元気に駆け回り、しあわせに暮らすのだという。

「……もう行っちゃうの？」

もっともっと、今までの思い出話話したいことが山ほどある。

けれど、ミミが天国に行くのを、邪魔してはいけない。

怜美は涙を堪え、笑顔を見せた。

泣き顔で、ミミを見送ってはいけないと思ったから。

「二十年、そばにいてくれてありがとう、ミミ。大好きよ」

『私もよ、怜美』

しあわせになってね、と最後に呟き、ミミは虹の橋を渡り始めた。


「……怜美さん、怜美さん……」

どこか遠くで、自分の名を呼ぶ声がする。

――誰……？

ようやく意識が戻ってきて、怜美はなんとか目を開ける。

すると。

「ああっ、怜美さん、よかった！　気がついたんですね」

ぼんやりとした視界に、『小菊茶房』の店主・香帆の顔が見えてくる。

天井は真っ白で、自分の部屋ではないなと気づく。

「……ここは……？」

「病院ですよ。怜美さん、お部屋で倒れていたんです。憶えてますか？」

なぜか智文までいるのに気づき、怜美は困惑した。

そこでようやく、自分が部屋で意識を失ったことを思い出す。

急な目眩で目の前が真っ暗になり、誰かに助けを求める暇もなく気を失ってしまったはずなのに。

「……あの、どうして私が倒れたってわかったんですか？」

不思議に思って聞くと、少し離れたところに立っていた青藍が答える。

「ミミが、知らせに来てくれたんですよ。私と埜瀬先生のところにね」

「え。ミミが……？」

「心穏やかに、逝かれたようですね。よく手放す覚悟を決めました。褒めて差し上げましょう」

と、かなり上からものを言われたが、青藍のその言葉を聞いた途端、怜美はぶわっと涙が溢れてきた。

そうだ、あれは夢じゃなかった。

ミミは、本当に天国に行ったのだ。

そう自覚した途端、とてつもない寂しさが怜美を襲う。

だが、もう悲しんではいけない、泣いてはいけない。

ミミがまた、心配してしまうから。

なので、怜美は涙を拭い、なんとか笑顔を見せた。

「最後にミミと……話すことができました。ありがとうございました」

と、怜美は深々と青藍に向かって頭を下げる。

そして理不尽に彼を恨んだり、八つ当たりしてしまったことを反省した。

彼には、いくら感謝してもし足りなかった。

落ち着いたところで、香帆に聞くと、医師の話では脳貧血による失神で、お腹の赤ちゃんには異常はないとのことでほっとした。

「でも疲労が原因らしいので、もう無理しては駄目ですよ？」

「……はい、反省してます」

いろいろ悩み、焦りすぎていたと自覚はあったので、怜美は香帆の言葉に素直に頷く。

「……あの、差し出がましいとは思ったんですが」

すると、それまで黙って話を聞いていた智文が切り出し、怜美は彼の話を聞いた。

公爵の過去

江戸時代・大奥　青藍編

普通の猫だった時の記憶は、思い返せばつらいことしかない。

公爵がこの世に産み落とされたのは、深い深い森の中だった。

ごく普通の猫として生まれたが、天命だったのか生まれてほどなくして皮膚病にかかり、ひどく苦しんだ。

体力がないせいで、か弱い身体は見る見るうちに衰弱していく。

共に生まれたきょうだい猫は、ほかに五匹いたが、なぜか公爵だけが真っ白な毛並みに、加えて右が金、左が青と色が異なる瞳だった。

ほかの子たちと違う見た目だったせいもあるのだろう、母猫は公爵はもう助からないと見切りをつけ、その場に置き去りにした。

待って、行かないで。

か細い声で、いくらミィミィと鳴いてみても、母ときょうだいたちは二度と戻ることとなかった。

やがて森は過酷な夏を迎え、太陽の熱は弱った公爵の体力を容赦なく奪っていく。

もはや死を待つ以外為す術もなく、ああ、このまま眠ってしまえば楽になれるんだろうなと絶望の中で思った。

だが、この世に生を受けたばかりの公爵を突き動かしたのは、強烈な喉の渇きだった。

せめて、死ぬ前に水が飲みたい。

おぼつかない足でなんとか立ち上がり、一歩、また一歩と土を踏みしめ、歩きだす。

そこから一番近いのは、この森の主が住むという底なし沼だ。

その姿を見た者は命を奪われると動物たちの間でも評判で、母猫も決して沼には近づかなかった。

その凶悪なあやかしのせいで、近くの村人たちも恐れてこの森へは近寄ろうとはしない。

だからここは、捨てられた猫やほかの動物たちが住むのにもってこいの場所なのだ。

だが、死期が近い今の自分に怖いものなどなにもない。

気の遠くなるような時間をかけ、ようやく辿り着いたものの、そこで体力は尽き果て、公爵は沼の縁に倒れ伏した。

あと一歩、前へ出れば水が飲める。

だが、それがもう無理なくらいに弱りきっていた。

その時、一陣の風が吹き、底なし沼の水面が揺れ。

「おやおや、哀れな子猫だこと。死にかけているね。もう長くはないな」

静かな水音を立てながら、鎌首をもたげた大蛇がチロチロと赤い舌を出し、公爵を睥睨する。

これが、この沼の主なのか。

七間（約十三メートル）ほどの大きさの、白い大蛇だ。

らんらんと光る、その燃えるような深紅の瞳に純白の全身は、あやかしというより神々しくさえある。

初めて沼の主を目撃してしまった公爵は、もはや自分の命運もここで尽きたと観念した。

「水が欲しいのかい？　あと少し前へ出れば飲めるよ、ほら」

死が間近に迫っている公爵を弄ぶように、大蛇がからかう。

このまま、ただ死ぬのは悔しくて。

公爵は朦朧とした意識の中で、小さな前足をなんとか差し出した。

そうして一歩、また一歩と進み、沼の水に顔を突っ込む。

泥混じりの水でも、乾ききった喉には甘露のようで、夢中で飲んだ。

座して死を待つことを拒んだ公爵の姿に、大蛇がふんと鼻を鳴らす。

「無駄なことを。どうせすぐ死ぬ身なのに。我が一呑みにして、今すぐ楽にしてやろうか」

その方が、病で死ぬより楽に死ねるかもしれない。

だが、か細い声で喉を振り絞り、公爵はみゃあ、と鳴く。

せっかくこの世に生まれ出でながら、母には見捨てられ、なにも為さずに死んでいくのか？

それではあまりに自分の一生が無為だと感じた。

主に、なにを伝えたいのかわからぬまま、公爵はただ必死に鳴き続ける。

すると。

「……そなたは我と同じだね」

まるで独り言のように、主が呟いた。

「ほら、その目だ。金と青、ほかの仲間と姿形が違うだろう？　たとえ今助かったとしても、この先そなたは必ず群れから仲間はずれにされては孤独に苛まれ、ひどくつらい目に遭うだろうよ。それでもまだ、生きたいのかい？」

その言葉に、もしかしたら主も昔はその姿のせいで、ひどい目に遭ったのだろうかと気づいた。

それでも、生きてみたい。

公爵が消え入りそうな声で、「生きたい……」と答えると、主は舌打ちし、沼の中へ姿を消した。

と思ったら、ややあってなにかを咥えて戻ってくる。

主が公爵の前に放り投げたのは、一片の肉塊だった。

「我の尾の切れ端だ。お食べ」

食べたら、どうなるのか。

もしかすると猛毒で死ぬかもしれないし、なにかの契約で主の下僕にされてしまうのかもしれない。

だが、強烈な空腹に耐えかね、生存本能に突き動かされた公爵は、意識朦朧としながらもその肉に喰いついた。

ガツガツと夢中で貪ると、それは今まで食べたことがないくらい美味だった。

瞬く間に平らげると、公爵は「……ありがとう」とようやくお礼を言えるくらいに回復する。

「これで、我とそなたは繋がった。また、いつかどこかで会えるだろうよ」

そう言い残し、主は再び沼の底へと沈んでいった。

後には、さざ波一つ立たない底なし沼と、公爵だけが残される。

この先、自分はどうなってしまうのだろう?

そこで公爵は、意識を失った。


次に目覚めた時は、なぜだか妙に身体が軽かった。

不思議なことに、水鏡で姿を映してみると、あれほどひどかった皮膚病が綺麗に治っていた。

千里の道も飛んでいけそうなくらいに、全身に力が満ち溢れている。

これは主の肉のおかげなのだろうか？

ほとんど飲まず食わずでも耐えられるし、いくらでも歩ける。

幼い子猫にはあり得ないくらい俊敏に動け、ウズラなどを捕獲して食べられるので餌にも困らなかった。

もしかしたら、自分は主の肉を食べたことで、あやかしになってしまったのだろうか……？

気になった公爵は、それから何度も底なし沼を訪れてみたが、主は一度も姿を見せてはくれなかった。

こうして、一人森で暮らし始めた公爵だったが、皮肉なことに、その肉を口にしたことで主の気配をまとう公爵は、ほかの動物たちから畏怖の対象となったのだ。

「あいつには、近づかない方がいいよ」

「主のお手つきだからね。くわばらくわばら」

頭上のヒヨドリたちが、そう囀る。

誰一人、公爵のそばに寄る者も、話しかける者もいない。

結局、生き残っても孤独なのはなにも変わらなかった、と彼は絶望した。

「おまえは厄介者だ」

「この森から出ていけ!」

どう猛な猪に追い回され、木の上の猿からは石を投げられる。

居場所を失った公爵は、森を離れるしかなかった。

生きていたって、つらいことしかないと、主に予言されていたはずなのに。

確かに、主の言う通り、公爵はいつも独りだった。

孤独は、まだ幼い公爵の心を蝕んでいく。

なぜ生きたいなどと望んでしまったのだろう?

あの時、死んでいれば楽になれたのか?

そんな思いが、胸をよぎる。

森から出たことがなかった公爵は、これからどこへ行けばいいのかもわからない。

ただ、あてもなく彷徨い歩いているうちに森を抜け、いつのまにか人里に近くなっていた。

どうせあやかしになってしまったのなら、悪しき身らしく、まだ食べたことはないが人間でも喰ってやろうか。

半ばそんな捨て鉢な気分で、村に足を踏み入れようとした、その時。

公爵は近くで生き物の気配を察し、瞬時に反応して飛び退いた。

また攻撃されると身構え、威嚇の唸りを上げると。

「あ、猫だ！　こんにちは！」

粗末な着物を着た子どもが、嬉しそうに声を上げて近づいてきた。

まだ成体ではなさそうだが、どうやらこれが人間という生き物らしい。

野草やキノコを採っていたらしく、小さな身体に大きな竹籠を背負っている。

「おまえ、どこから来たの？　迷子？」

主の肉のおかげなのか、不思議なことに、公爵には彼女の言っている言葉が理解できた。

無邪気に公爵を抱き上げようとするので、思い切り歯を剝いて威嚇してやる。

「どうしたの？　なにも怖いことないよ、大丈夫」

そう言って、その幼い生き物は、小さな手を伸ばしてそっと公爵の背を撫でてきた。

その温もりは、母猫のそばに寄り添ってきょうだいたちと共に眠った時のまどろみを思い出させ、公爵は唸るのをやめた。

「おまえの目、左右色が違うんだね。とっても綺麗」

無邪気に褒められ、さらに動揺する。

この目のせいで気味悪がられ、今まで褒めてくれた者など誰もいなかったから。

「私の名前は、千代(ちよ)っていうんだよ。行くとこないなら、うちに来る？」

実にあっけらかんと誘われ、公爵は逆に戸惑う。

これはなにかの罠(わな)ではないのか？

ついていったら最後、殺されるかもしれない。

そんな恐怖が頭をよぎったが、自分は主の肉を食べたのだから、人間などには捕らえられない自信もあった。

どうせ、行くあてもないのだ。

しばらくは従順なふりをして、人間の暮らしとやらを観察してみてもいいではないか。

そのうちこの娘を油断させ、隙を見て獲物にしてやる。

そんな思いを胸に、公爵は子猫特有の甘い鳴き声を上げ、愛らしく千代の胸に飛び込んだのだ。

公爵が生まれて初めて見た人間の千代は、山深い小さな里に暮らす、山の民の娘だった。年は、数えで八つになったところだ。

父親は猟師で生計を立て、母親と父方の祖父母、それに千代の弟と妹二人の八人家族だ。

一家の暮らしは決して楽ではなく、「山で拾った」と千代が公爵を連れ帰ると、「人間が食べるものさえないのに、餌なんかやる余裕はない」と祖父が元の場所へ返してくるよう迫った。

が、千代は「自分のご飯を分けるから、お願い」と泣いて懇願し、公爵を離そうとしなかった。

許してくれるまで食事はしないという千代の抵抗に根負けし、公爵は一家の飼い猫になったのだ。

「村長さんは昔、江戸で寺子屋の先生をしてた方でね。学があるから、おまえの名前を考えてもらったのよ。青の瞳がとても美しいから、青藍。どう？　いい名でしょう？」

青藍は、初めて公爵が与えられた名となった。

千代はとても公爵を可愛がり、宣言通り自分の少ない食べ物を公爵に分け与えてくれた。

――馬鹿な娘だ。私に利用されているとも知らずに。

確かに、八人の大所帯だと生活は苦しいようで、少ない米に雑穀や大根の葉、芋がらなどを混ぜてかさ増しした汁物で腹を満たすような食事が多い。

父親が山で仕留めてくる雉や鶉、猪や兎などの獲物は、近くの町まで売りに行って金に換えるので、家族の口に入ることはほとんどなかった。

見かねた公爵は、夜中にこっそりウズラなどを仕留めてきては、なに喰わぬ顔で家の入り口に置いておく。

不思議なこともあるものだ、と家族は首を捻ったが、そしらぬふりをしておいた。

ただ人間の世話になるのは業腹だから、気まぐれに恵んでやったまでだ、と自分に言い訳しながら。

千代は長女のせいか面倒見がよく、まだ乳飲み子の幼い妹を背負っては、よく山へ山菜やアケビなどを採りに行った。

「おいで、青藍」

その時は、いつも公爵がお供をする。

公爵は、千代が自分の名を呼ぶ時の、優しい響きが気に入っていた。

少しでも食料になるものを集め、まだ子どもだというのに必死に働く千代の姿を近くで眺めながら、彼女には今の生活に不満はないのだろうかと思う。

そこまで考え、公爵はいつのまにか千代の身を案じている自分に気づいて動揺した。

いや、これはただの好奇心に過ぎない。

取って喰らう前に、獲物の事情をいろいろ知りたいだけだ。

なにせ、時間はたっぷりあるのだから。

この生き物の生態が興味深いから、という理由で一年、また一年と決行日を延ばし延ばしにしているうちに、いつしか千代は数えで十八になり、美しい娘へと成長した。

青藍も、立派な成猫へと成長する。

猫の十歳というと、人間の年齢に換算すると五十代後半に近いが、老いた感覚はまるでない。

身体は若いままで、これも主の肉を食べた効果なのかと思った。

「おいで、青藍」

その日も、千代について山へと入る。

その頃になると、千代は猟師である父に教えられ、弓を使って狩りをするようになっていた。

腕前はなかなかのもので、飛ぶ鳥を射落とすのが得意だ。

落ちた獲物は、公爵が素早く取りに行き、咥えて戻ってきた。

「ありがとう、青藍。大好きよ」

手伝ってやるのは、ご褒美に千代に頭を撫でてもらえるからでは決してない。

なに、自分はただの気まぐれで、一宿一飯の恩義を返しているだけだ。

相変わらず、この娘を喰うのはやめたわけではないが、こうして狩りの休憩の時、彼女の膝の上で干し米を手のひらから食べさせてもらうのは至福のひとときだ。

千代に顎の下を撫でてもらうと、あまりの心地よさについつい目が細くなり、ゴロゴロと喉が鳴ってしまう。

だが、勘違いされては困る。

この私が膝に乗ってやるのは、断じて撫でてほしいからではなく、ただ暖を取るためだけなのだから。

「今日は雉が捕れたから、きっと父さんたち喜ぶね」

そう公爵に話しかけた後、千代はふと浮かない表情になる。

「でも……家に帰りたくないなぁ」

その理由を、公爵は知っている。

千代の家は八人が食べていくのがやっとの貧しさで、一人でも食い扶持を減らしたいと思っている。

長女の千代が年頃になったので、両親は大分前から嫁入り先を探しているのだ。

「うちの千代は器量よしだからな。そんじょそこらの家には嫁がせられないな」

千代の美貌を餌に、少しでも裕福な家に嫁がせようと必死な父親とは反比例して、千代の表情はどんどん浮かないものになっていった。

「……お嫁になんか、行きたくない。こうして毎日、青藍と山で猟をしていたいよ」

番(つがい)を持ったことのない公爵には、結婚というものがよくわからない。

だが、人間は年頃になると、親や周囲が決めた相手と結婚しなければ一人前と認められないようだ。

「ね、青藍もそう思うでしょ?」

千代が公爵にそう話しかけていた、その時。

ふいに大勢の人間が野駆けをしている、馬の蹄の音が聞こえ、公爵はピクリと耳を立て、全身で反応した。

こんな山奥で、猟をしている最中ほかの人間と出会うことなど滅多になかったから。

千代に危害を加える者は、容赦しない。

臨戦態勢で身構えていると、やがて目の前に二十騎ほどの馬に乗った侍たちが山を登ってくるのが見えた。

ひときわ豪華な白馬に乗った先頭の武士は、太刀を腰に手挟み、水干の上に弓籠手をつけ、鷹狩りの出で立ちをしていた。

山で侍になど、会ったことがないのだろう千代も、驚いてその場に立ち尽くしている。

「控えおろう、頭が高いぞ」

先頭の侍に叱咤され、千代は慌ててその場に平伏した。

「よい。そこの娘、面を上げよ」

「……は、はい」

おずおずと顔を上げた千代を、先頭の侍が綾藺笠の下からじっと見つめている。

「鷹狩りの最中、道に迷った。近くの村まで案内を頼む」

「わ、わかりました。私の村がすぐ近くです」

こうして千代は、鷹狩りの一団を連れ、村へと道案内をした。

身なりからして身分の高い方だろうとの判断で、村長の家へ案内し、彼らに茶が振る舞われる。

案内を終えた千代と公爵は、そのまま家に戻ったのだが、話はそこで終わらなかった。

その一件からしばらくして、千代の家に江戸から幕府の使者だという侍の一団が訪れ、村は大騒ぎになった。

なんと、お忍びで鷹狩りにやってきたのは、現将軍その人だったのだ。

「その方らの娘、千代を大奥で側仕えとして召し上げたいとの、上様のご意向だ。ありがたくお受けするように」

わけもわからないまま、千代は御中臈という地位を与えられ、江戸へ迎えられることとなった。

御中臈とは、将軍の側室候補の女中のことだ。

本来、千代のような平民の娘が大奥に入るには下級女中からになるが、たまたま山で出会った千代を将軍が見初め、是非にと望んだことにより、一気に御中臈の座が用意されることになったらしい。

あり得ない玉の輿だと、両親は浮かれ、千代の大奥入りの話題で村中で祭りのような騒ぎになった。

将軍直々の希望を、両親や千代が断れるはずもない。

なにより自分が大奥に入れば、仕度金で残していく弟妹たちにいい生活をさせてやれる。

こうして、本人の愁いをよそに話は瞬く間に進み、千代は故郷の村を離れ、江戸へと出立することになった。

「お願いです、どうか青藍を連れていくことをお許しください」

千代が涙ながらに懇願すると、公爵は飼い猫として共に大奥で暮らすことが許された。

——ふん、人間の都というものを見られるなら、行ってやってもいいですね。

世間知らずの千代を一人で行かせるのを案じていた公爵は、内心ほっとする。

こうして籠に揺られ、千代と公爵は江戸への旅路についた。

道中、これから先どうなるのか不安なのか、千代はずっと公爵を抱いたまま離そうとしなかった。

彼女の不安が伝わってきて、なにか慰めてやりたかったが公爵にはなにもできない。

千代が江戸の地を踏むのは初めてだったらしいが、そのあまりの人の多さと賑やかさに驚く暇もなく、大奥の門をくぐった。

一度大奥へ入れば、外へ出ることは容易ではない。

右も左もわからぬところへ連れてこられ、朝から晩まで作法やしきたりを叩き込まれる毎日は、山育ちの千代を疲弊させたが、彼女は決して弱音を吐かなかった。

御中臈として個室を与えられた千代は、お千代の方と名づけられた。

なんとか形がつくようにまで体裁を整えると、さっそく千代の到着を待ちかねていた将軍のお渡りがあり、千代は教えられた作法通りに振る舞い、初夜を迎えた。

「そちは新参者ゆえ、皆に可愛がってもらうのじゃぞ」

千代が気に入ったのか、将軍はいたくご満悦だったらしい。

自身に与えられた『初仕事』を終えると、部屋へ戻った千代が声を殺して泣くのを、公爵はただ見守ることしかできなかった。

将軍は四十を超えていて、まだたった十八で淡い恋すら知らなかった千代にとっては、好きでもない相手に身を任せるのはつらかったことだろう。

村に残ったとしても、父親が決めた相手に無理やり嫁がされていたのだろうから、いずれにしても千代の自由にはならないことだったのだ。

――人間とは、なにかと不自由な生き物なのだな。

十年近く、千代のそばで人間の生活を見守ってきた公爵は、それを哀れに思った。

なのでその膝に乗ってやり、愛らしい声でにゃあ、と鳴いてやった。

千代は、公爵の甘えたような鳴き声を聞くのが好きなのだ。

普段、滅多に自分からそうすることはなかったので、千代は驚いて涙も止まったようだった。

「……ありがと、青藍。慰めてくれてるの？　これで、よかったんだよね……？」

山に残してきた家族が、いつでもお腹いっぱい食べられるようになるのなら、と千代は自分に言い聞かせているようだった。

それからは、将軍は千代を寵愛し、度々お渡りがあった。

大奥に奉公できるのは、基本的には身元の確かな武家出身の娘たちなので、本来奥女中として入るはずが一足飛びに御中﨟となり、上様の寵愛を一身に受け始めた平民の千代の存在は、当然大奥で注目の的となった。

異例の出世は人目を引き、当然ながらよく思わぬ者も出る。

ある日、千代はお勢の方と呼ばれる側室からお茶会の誘いを受けた。

お勢の方は、千代が大奥に入るまで将軍の一番のお気に入りだったらしく、男子を一人産んでいる。

側室は千代のほかに六人いるが、お勢の方以外まだ誰も子ができていない。

御台所、すなわち将軍の正室にも子はないので、唯一将軍の子を産んだお勢の方の、大奥での権力は御台所の次に高く、大奥へ入ればまず真っ先にお勢の方への挨拶が当然とされるほど絶大なものだった。

「お初にお目にかかります、千代と申します」

教えられた作法通り、ぎこちなく挨拶し、平伏する。

「そなたが千代の方か」

上座に座ったお勢の方の左右には、同じく集まった側室たち数人が陣取り、じろじろと無遠慮に千代を眺めている。

これは、自分の品定めの場であることを、千代はそこで悟った。

「もそっと、近う」

さらに促され、立ち上がった千代は、お勢の方の前まで歩を進めようとしたが。

「あっ……」

打ち掛けの裾を誰かに踏まれ、その場で転んでしまう。

「あらあら、まだ打ち掛けの重さに慣れていないのですか？」

「まぁ、無理はありません。なにせほら、山育ちらしいですもの」

「どうりで、田舎者の匂いがすると思ったわ」

「お香の焚き方、教えて差し上げましょうか？　ふふふ」

起き上がれない千代の頭上から、側室たちの悪意に満ちた笑い声が降ってくる。

なんとか打ち掛けの裾を捌いて立ち上がり、再び平伏した千代に、お勢の方は冷たく言い放った。

「上様のご寵愛をいただいたからといって、新参者の分際で、いい気にならぬように。身の程をわきまえなさい」

「は、はい。申し訳ございません」

ひたすら頭を下げながら、千代は自分がこの伏魔殿でたった一人生き延びていかねばならないことを痛感したのだった。

一度大奥へ入れば、よほどのことがない限り外へは出られないのがしきたりだ。

大奥では秘密保持が絶対で、奥女中は一生奉公が原則とされ、休みをとって家に帰ることも自由にはできない生活らしい。

手紙のやりとりさえ祖父母や親きょうだいなど近しい親族に限られているが、千代は読み書きを習ったこともないので手紙を書くこともできなかった。

なので、家族の近況を知ることもままならない。

将軍からは高価な着物や簪（かんざし）が度々贈られてきたが、その情報はすぐお勢の方たちに知られることとなり、そのたびにいやがらせを受ける日々。

「私は着物も簪もいらないのにね」

公爵を膝に抱きながら、寂しげに千代が呟く。

山に、帰りたい。

それが最近の彼女の口癖だったが、御中﨟は一生奉公と言われ、この先死ぬまで大奥から外へ出ることは許されない身分だ。

千人を超える女性たちが働いていると言われる、この広大な大奥の中で、誰一人味方がいない、圧倒的な孤独。

つらい日々を送る中でも将軍のお渡りは続き、千代はやがて懐妊した。

現将軍には正妻と側室が七人、手をつけた娘は数多かったが、なかなか子ができにくい体質なのか、今まで男子を一人産んだのは側室のお勢の方ただ一人だった。

それもあって、千代の懐妊を将軍はことのほか喜んだ。

「私も、お母さんになるんだ……この子と、仲良くしてあげてね、青藍」

そう言って、千代は長い黒髪を櫛（くし）で梳（と）かしながら、嬉しそうに己の腹を撫でている。

夜、床に入る前、千代はいつもこっそりと髪を結う練習をしているのを公爵は知っている。

山育ちで、普段は簡素な革紐で後ろに束ねるだけの暮らしを送ってきた千代は、髪を結うのがひどく苦手なのだ。

大奥では髪を結い上げたり、儀式によっては垂れ髪にしたりと臨機応変に髪型を変えねばならない場合がある。

千代も当初不慣れなこともあり、結った髪がお茶会の最中崩れてしまったのをめざとく見つけた側室たちに指摘され、嘲笑されてから、一生懸命練習している姿が不憫だった。

「駄目ね、いつまで経っても下手で。私、不器用みたい」

ついにあきらめ、千代は公爵を抱いて床へ入った。

今夜は将軍のお渡りがないので、心穏やかに眠れる。

口には出さないが、公爵には千代の気持ちがわかっていた。

「上様も皆も、なんとしても男子をとおっしゃるけれど、私はどちらでもいいの。健康でさえいてくれれば、ほかにはなにも望まないわ」

まるで独り言のように、千代が呟く。

子が生まれれば、千代は一人ではなくなるから、寂しくなくなるかもしれない。

そう考え、公爵はほっとした。

まだ人の世をよく知らぬ公爵は、甘く考えていたのだ。

大奥に渦巻く、悪意と謀略の深刻さを。


こうして、将軍の子を宿した千代は側室として異例の昇進を果たし、『お部屋方』様となった。

今までよりさらに広く、日当たりのよい部屋へ移される。

公爵にとって、大奥での生活は餌もたっぷり与えられ、天敵もなく、日がな一日日向ぼっこをして過ごせる快適な空間だったが、千代にとってはそうではなかった。

側室や、ほかの奥女中たちからのささやかないやがらせは、日々身重の千代の精神を蝕んでいく。

廊下にゴミを撒(ま)かれたり、いつのまにか部屋に毒蛇が投げ込まれていたこともあった。

まぁ、毒蛇は千代が気づく前に、公爵がこっそり仕留めてことなきを得たのだが。

余談であるが白い体毛に金と青の瞳を持つ公爵は、かなりめずらしい外見をしていたため、ほかの奥女中たちから人気だった。

中にはこっそり公爵を盗み出そうとする輩(やから)まで現れたが、公爵は難なくそれを逃れ、いつもしれっと千代の許へ戻っていた。

一つ一つは大したことのないいやがらせかもしれないが、それがずっと続くとさすがに気の休まる暇がない。

千代はなにも語らず、一人じっと耐えていたが、公爵はお勢の方が裏で糸を引いているのではないかと疑った。

まさか公爵が人間の言葉を理解できるとは知らず、奥女中たちは彼のそばでおおっぴらに噂話をしてくれる。

それに聞き耳を立てながら、大奥で暮らすうちに、公爵にもここでの勢力図のようなものが把握できてきた。

千代が来るまで、将軍の寵愛を独り占めしていたお勢の方は、千代の子が男子だった場合、自分の産んだ息子の地位が危うくなるのを恐れているのではないか。

正室にさえ子ができなく、将軍の跡継ぎを産んだのは、この大奥で自分だけだったのに、と。

千代の存在が邪魔でしかたがない彼女は、そのうち決定的な牙を向けてくるかもしれない。

田舎育ちで他人の悪意に晒された経験のない千代は、他人を疑うということを知らない。

千代は、自分が守らねば。

公爵は常に、彼女の周辺に気を配っていたのだが。

「大事な出産を前に、お参りをするのも側室の大切な務めです。お千代の方様は新参者ゆえ、今回は同行して差し上げましょう」

お勢の方にそう誘われたと、千代は嬉しそうに公爵に報告した。

「安産祈願でお寺にお参りする時は、大奥から出ることを許されてるんですって」

江戸へ来て初めての外出に浮かれる千代をよそに、公爵は内心いやな予感がした。

今までさんざん千代を虐げてきたあのお勢の方が、外出に同行するなど、なにかほかに意図があるとしか思えない。

大奥の中では、自分以外の全員が敵だと思え。

千代にそう忠告したかったが、悲しいかな、人間の千代に公爵の言葉は通じない。

ついていきたいのは山々だったが、まさか猫連れで寺へ行くなど許されるわけもなく、公爵はただ案じることしかできなかった。


そして、安産祈願参り当日。

早朝から輿に乗り、千代はお勢の方や侍従たちと共に江戸城を出立していった。

だが、どうにも胸騒ぎが収まらず、公爵は部屋で悶々と千代の帰りを待っていた。

すると、ふいに公爵の前にあの大蛇が現れた。

「やれ、久しいね。我が同胞」

見たところ、それは幻影らしく、恐らく本体はあの森にいるのだろう。

「主様（ぬし）……⁉」

「なにをそんなに驚いた顔をしているんだい？　我の肉を食べたそなたとは、一部が繋がっている。そなたのことなど、すべてお見通しさ」

と、大蛇は「よい暇潰しになった」と約十年前と少しも変わらぬ姿であざ笑う。

どうやら今までの公爵の暮らしを、時折観察していたようだ。

周囲がすべて敵で、人間を喰らってやるつもりで千代に近づいたのに、いつのまにか彼女を守ろうとしている自身を知られていると思うと、公爵は大層バツが悪かった。

「それより、こんなところでのんびりしていていいのかい？　そなたの大事な、あの娘の一大事だというのに」

「え……⁉　それはどういうことですか⁉」

驚く公爵を睥睨し、主はちろりと赤い舌を出す。

「そなたも薄々気づいていたのではないか？　あの純真無垢（むく）な娘を、邪魔に思う者がいることを」

「……‼」

その言葉だけで、公爵は千代になにが起きたのかを察した。

久々に会えた主をほったらかし、公爵は疾風のごとく部屋を飛び出す。

やはり、一人で行かせるのではなかった。

誰にも見つからぬよう、わずかな塀の隙間を通り抜け、大奥を飛び出す。

普通の猫の何十倍も鋭い嗅覚で、風に乗り、感じる千代の微かな残り香だけを頼りに、走りに走った。

普通の猫よりも速いとはいえ、徒歩で二時間以上かかる道程を追うのはさすがにきつかったが、なんとか寺へ辿り着く。

――千代は、どこだ？

将軍の側室二人が来訪中ということもあって、寺では大勢の僧侶たちでバタバタと慌ただしい雰囲気だ。

護衛の侍たちが、僧侶たちに茶を振る舞われているのが見える。

彼らに見つからぬよう、こっそり侵入した公爵は、そのまま境内奥にある裏庭へ向かった。

その時、なにかが水に落ちたような、重い水音が聞こえてくる。

いやな予感がし、全速力で走って広大な庭を抜け、ようやく駆けつけた公爵の目に最初に映ったのは、巨大な池の前に佇む、お勢の方の横顔だった。

般若のような、人の憎悪を凝り固めたような醜い表情。

見ると、池のほとりから、若い僧侶が一人、棒のようなもので必死になにかを水中に沈めている。

水面に広がっているのは……公爵がよく見知っている、打ち掛けの鮮やかな錦だった。

ただでさえ重い着物は、水を吸えば浮き上がれないほどの重りになってしまう。

なにが起きているのかを瞬時に察した公爵は、咄嗟に僧侶に飛びかかり、鋭い爪でその腕を抉(えぐ)った。

「うわっ！　な、なんだ、この猫は⁉」

たまらず僧侶が棒を投げ捨てると、水面にゆっくりと千代が俯(うつぶ)せに浮かんでくる。

だが、彼女はぴくりとも動かなかった。

――千代……‼

池に飛び込み、打ち掛けを咥えて引っ張り上げようとするが、そこをすかさずお勢の方が拾い上げた棒で公爵を打ち据え、邪魔をした。

「ええい、お千代の方の猫か！　こんなところまでついてきよって、忌々しい！　こやつも沈めてしまえ！」

「そ、そう言われましても……っ」

恐らく、金で懐柔され、千代殺しを手伝ったらしい僧侶が困惑していると。

「なにかあったのですか⁉」

騒ぎを聞きつけたのか、寺の下男たちが駆けつけてきた。

するとお、お勢の方はわざとらしい悲鳴を上げる。

「誰か来て！　お千代の方様が……お千代の方様が……！」

大勢が駆けつける前に、公爵は素早く池から上がって物陰に身を潜める。

「た、大変だ……！」

数人がかりで、重く水を吸った打ち掛けを脱がせ、なんとか千代を池から引き揚げるが、彼女が息を吹き返すことはなかった。

青ざめた千代の亡骸を見つめ、公爵は絶望する。

——千代……っ、やはり一人で行かせるのではなかった……っ。

いくら後悔しても、あとのまつりだ。

「錦鯉がめずらしいとおっしゃってましたから、きっと身を乗り出して眺めていた時、足許の石が濡れていて滑ってしまったのでしょう。ああっ、わたくしがいけないのです、お千代の方様から目を離さなければ、こんなことには……」

涙ながらに、お勢の方が訴える。

——違う、その女が千代を殺めたのだ……！

現場を目撃していた公爵はそう糾弾したかったが、悲しいかな、人間の言葉は話せない。

そうして、千代の死は不幸な事故として処理されてしまったのだ。

「お千代の方様を失って、上様のご落胆がひどくて……なんておいたわしいこと……」

「御子が生まれるのを、あれほど楽しみにしていらしたのに……」

「でもこれで、今のところはお勢の方様の御子の跡継ぎの座は揺るぎないものとなったのでしょうね」

「しっ！　滅多なことを言うものではないわよ。誰かに聞かれたらどうするの」

「でも、皆噂してますよね？　お勢の方様がご一緒の時に都合よく事故に遭われるなんて、おかしいって」

　奥女中たちの、かしましい噂話が聞くともなしに耳に入ってくる。

　主を失った部屋の隅で、公爵は蹲ったままだ。

　千代がいなくなったため、公爵は別の側室が引き取ることになった。

　瞳の色が違う猫は幸運を招くなどと言われているので、公爵を引き取りたいという者は引きも切らなかったが、最終的に大奥内で権力が強い者が競り勝ったようだ。

　だが、そんなことは公爵にはどうでもよくて、千代はいないとわかっていても、こうして彼女のいた部屋へ戻ってしまう。

　奥女中たちが千代の部屋を片づけようとすると、毛を逆立て、威嚇して邪魔をする。

そんな公爵を、奥女中たちはしばらくそっとしておきましょうと見守ってくれた。

──千代……私はいったい、どうすればいい……?

まるで、心にぽっかりと大きな穴が空いてしまったようだ。

絶望に打ちひしがれ、なにをする気力もない。

情けないことに、ただひたすら千代の部屋を守るくらいしかできないのだ。

脳裏によみがえるのは、千代と過ごした思い出ばかりだ。

どれ、人間をからかってやろうなどと嘯いていたはずだったのに、千代のそばにいたこの十年は、公爵の孤独を優しく解きほぐしていった。

いつしか千代は、公爵にとってかけがえのない存在となっていたのだ。

だが、もうすべてが遅い。

その晩も眠れず、ただ部屋の隅で蹲っていると。

時刻は丑三つ時(うしみつどき)。

再び、主の幻影が目の前に現れる。

「飼い主の娘を失ったな。これからどうする? また我が治める森へ戻ってくるか?」

千代のことですっかり忘れていたが、主が十年ぶりに自分に会いに来たのには、なにか理由があるのだろう。

「……幼き頃、命を救っていただいたことには感謝しています。ですが、今さら私に、なんのご用で？」

主の真意を測りかね、そう問うと、主は意味深に首を傾げてみせた。

「いやなに、さすがに今のそなたが哀れでな。老婆心ながら、なにかしてやろうかと思ってのことよ」

「……どういう意味です？」

今の自分には、未来も希望も、なに一つない。

千代を失ったことで、なにもかも消えてなくなってしまった。

知らなかった。

自分にとって、千代の存在がこれほど重かったことを。

半ば自暴自棄になった公爵に、大蛇は告げる。

「我の肉を口にしたとはいえ、今のそなたはまだ猫とあやかしの中間で揺らいでいるような存在だ。若い姿のまま、長くは生きられるがほかになんの力もない。だが、もしそなたが望むならば、我の力で本物のあやかしにしてやってもよいのだぞ？」

「本物の、あやかしに……？」

「あやかしになれば、そなたの大事な飼い主を殺した連中に報復してやることができるぞ。ただし、もう二度と普通の猫に戻ることはできぬ。親族も仲間もおらぬ、ただ一人きりのあやかしとして、長い年月を孤独に生き、世を彷徨うこととなるだろう。さて、どうする？」
思いがけない誘いに、公爵は驚く。
だが今の身のままでは、千代の敵が誰だかわかっているのに、なにもできない。
千代の仇が討てるのならば、すべてを犠牲にしてもかまわない。
公爵は、ほんの一瞬の迷いも躊躇いもなく、口を開く。
「……どうか私に、力を。千代を殺めた者に、報いを受けさせたいのです」
「いいだろう。努々後悔せぬようにな」
そう告げると、大蛇の幻影はふっと消えてしまった。
次の瞬間、雷に打たれたような衝撃が襲い、公爵はその場に昏倒する。
そしてしばらくして目覚めた時には、尾が二股に分かれていた。
こうして、公爵は猫又となったのだ。

公爵は短時間なら、人間の姿に変化できるようになった。
基本は毛並みの色と同じ、白に近い銀髪に金と青の瞳の青年だったが、よく見知った相手ならその者の姿に変わることもできた。

時刻は、丑三つ時。

主を失った部屋の姿見の前で、公爵は千代の姿に変化した。

鏡の中で、懐かしい千代が微笑んでいる。

そうして公爵は、見回りの目をかいくぐり、お勢の方の部屋へ忍んでいった。

人一人殺めておいて、心地よさげに惰眠を貪っているお勢の方の枕許に立ち、優しく声をかける。

千代とそっくり、同じ声音で。

「もし、お勢の方様、お勢の方様」

「……う……ん、うるさい、誰じゃ……？」

迷惑そうに眉を寄せたお勢の方が枕許の灯りをたぐり寄せ、こちらを仰ぎ見てひっと悲鳴を上げる。

「お、お千代の方⁉」

「ええ、そうでございます」

「馬鹿なっ！　そなたは池で死んだはずじゃ！　ここにいるはずがない！」

「千代はこの腹の赤子を、上様の御子を無事産むまでは、死んでも死にきれないのです」

と、公爵はうっとりとした表情で己の腹を撫でてみせ、お勢の方に迫る。

「さぞ可愛らしい子が生まれることでしょうね。お勢の方様も、祝福してくださいますか？」

「ひ、ひぃっ！　誰か！　誰かある！」

お勢の方の悲鳴に、奥女中たちが駆けつける前に、公爵はふっと姿を消す。

「どうされました？　お勢の方様」

「今、お千代の方が、ここに……！　ここにおったのじゃ！」

「お千代の方様が……？」

当然ながら室内には誰もいないので、奥女中たちは困惑している。

「きっと夢でもご覧になったのでしょう。もうお休みください」

「……そ、そんな、今、本当に……」

お勢の方は確かに見たと言い張ったが、ほかの誰もその姿を見ていないので、皆に宥(なだ)められ、すごすごと床へ戻った。


そうして、公爵は毎夜丑三つ時にお勢の方の部屋を訪れた。

最初は自分の良心の呵責(かしゃく)が見せる幻覚かもしれないと思っていたお勢の方だったが、それが連日続くと、幽霊の存在を認めないわけにはいかなくなった。

対抗策として、数人の奥女中たちを夜通し部屋の前で見張らせたが、あやかしとなった公爵には無駄なことだ。

難なく部屋へ忍び込み、千代の姿になって夜ごとお勢の方を苦しめる。

ほかの誰にも公爵の姿は見えないよう目眩ましの術をかけているので、周囲の者たちは錯乱するお勢の方を困惑げに見守るばかりだった。

どんな薬師にも、お勢の方の幻覚はどうにでもできず、彼女は日々心を病んでいった。

毎晩、夜が来るのを恐れ、彼女は部屋中煌々(こうこう)と灯りを点け、ただひたすら夜が明けるのを待つ。

そしてその晩も、いつものように千代が現れた。

「お恨み申し上げます、お勢の方様。この腹の子は、上様の御子。あなたは私だけでなく、上様の御子の命まで奪いました。それは、どれほど罪深いことでしょう」

片手で腹を撫でながら、千代が迫ってくる。

「上様に、己の犯した罪を謝罪なさい。さぁ、早く」

「ひ、ひぃ！　やめて、来ないで……！」

もはや限界を迎えたお勢の方は、声の限りに叫ぶ。

「わ、わたくしは悪くないっ……！　そなたが、後から来た田舎者のくせに、上様のご寵愛を一人占めするからこんなことになったのです！　子が生まれれば、上様のお気持ちはますますそなたのものになってしまう。もし男子ならば、我が子と跡目争いの元となる。そうなる前に、そなたを殺すしかなかったのじゃ……！」

お勢の方が必死で叫ぶと、次の瞬間、ふっと目の前にいた千代の姿が消える。

「は……はは、ようやっと消えたか！　死者は大人しく地獄へゆくがよい……！」

そう高らかに笑った彼女の前に、驚愕に目を見開いた将軍の姿があった。

「お勢……そなたがお千代を殺めたというのか……？」

「う、上様⁉」

驚いて周囲を見回すと、そこは大々的に開かれたお茶会の席で、将軍以外にも大勢の側室や奥女中たちが列席している場だった。

そこで、お勢の方はようやく自分がその場にいたことを思い出す。

そう、深夜の自室にいると思ったのは、公爵が見せていた幻覚だったのだ。

衆人環視の中、自らの罪を大々的に叫んだお勢の方は、瞬時に青ざめた。

「今のは、お千代の方様を殺めたという自白……？」

「やはり、あの噂は本当だったのですね」

「ああ、なんて恐ろしい……っ」

奥女中たちのひそひそ話があちこちで始まり、お勢の方は必死に首を横に振る。

「ち、違うのです、これは……！」

これほどの騒ぎになると、取り調べを行わないわけにはいかず、当時その場に居合わせた者たちへの聴取が始まった。

それをきっかけに、お勢の方から金を摑まされた僧侶が、罪の意識から実行犯だったことを自白し、それが決定的な証拠となる。

これで、よい。

この後、お勢の方は側室と将軍の子を殺めた罪で裁かれることになるだろう。

だが、後のことなど、もうどうでもいいし、興味もない。

千代が死ぬ原因を作った将軍にも恨みはあったが、千代を大切に扱ったことに免じて命は取らずにおくことにした。

この大奥がどうなろうと、もはや知ったことではなかった。

——主様、千代の仇は討ちました。ありがとうございます。

心の中で、主へ感謝を伝える。

そして千代の復讐を果たし終えた公爵は、人知れずひっそりと大奥を後にする。

この先の長い生を、ただ一人孤独にさすらうために。

「怜美さん、埜瀬動物クリニックで働き始めたみたいですよ。よかったですね」

にこにこと笑顔で香帆が報告してくるのを、青藍は無言で見上げる。

「埜瀬先生が、出産に備えてクリニックの正社員として採用して、産休と育休が取れるように取りはからってくれたんですって。これで一安心です」

プライドの高い怜美は断るかと思いきや、ミミが智文を呼びに行ったと聞くと、素直にその申し出を受けたのだという。

「それって、ミミちゃんが埜瀬先生のことを認めてるってことなんですかね？　青藍さん、どう思います？」

この娘はいつも、他人のしあわせを我がことのように喜んでいる。

それが彼女の長所なのだろうが、そのあまりのお人好しぶりに、つい憎まれ口を利きたくなってしまうのだ。

「あなたが喜んでどうするんです。そんな暇があるなら、猫相談の成功報酬を取る算段でもなさい」

「まぁまぁ、そのうちなんとか利益を出して、青藍さんにもお礼をお渡しできるように頑張りますから！」

「……私に金銭は不要だと言ったでしょう。必要ありません」

「でも、お礼が店のスイーツだけっていうのも心苦しくて。そうは言っても青藍さんにだってお金が必要な時はあるでしょ？　そういう時はどうしてるんです？」

「金なら、すでに使いきれないほどあるので」

「えっ⁉　やっぱり本当に徳川埋蔵金のありかを知ってるんですか⁉」

「ノーコメントです」

青藍はいつも飄々（ひょうひょう）としているので、嘘か本当かわからないが、もしやと思わせる雰囲気があるところが恐ろしい。

興味津々で追及したかったのだが、ランチタイムに入って店が混み始めてきたので、香帆はやむなく店内へ戻る。

するると。

「こんにちは」

店内へ入ってきたのは、怜美と智文だ。

クリニックの昼休憩の時間で、一緒にランチにやってきたらしい。

「いらっしゃいませ」

青藍に改めてお礼が言いたいから、と怜美から申し出があり、相談予約の合間を縫って来店してくれたのだ。

「先日はお世話になりました。これ、お礼にもならないんですけど」

青藍がいるいつもの庭先の四阿の席へ着くと、怜美が手作りのクッキーを差し出す。

「わぁ、おいしそう！　ありがとうございます」

怜美は香帆の分と青藍の分、そしてもう一つを智文にそっと差し出した。

「……これは、先生の分です」

「え、僕ももらっていいんですか？　嬉しいな」

「はい、先生にもいろいろよくしていただいて、これでも本当に感謝してるんですよ？」

と、怜美が照れくさそうに茶化す。

ずっと保留にしていたミミの納骨を、ようやく済ませてきたのだと彼女は皆に報告した。

怜美の中で、やっとひと区切りついたのだろう。

「それで……私、倒れた時にミミの夢を見たんです」

「そうですか」

青藍の方は、まるでそれを知っていたかのように動じない対応だ。

「一緒に暮らしてる頃、ミミの言いたいことや気持ちはなんとなくわかってるって思ってたんですけど、夢の中でミミは人間の言葉を話せて、初めて本当に意思疎通できてすごく嬉しかった……。それで、ミミが言ったんです。あと何年かしたらまた猫に生まれ変わって、私のそばに現れるから、きっと見つけてねって。だからお腹の子と一緒に、その日を楽しみに待とうと思ってます」

そう語った怜美は、とてもしあわせそうな表情をしていたので、香帆も嬉しくなる。

「よかったですね、怜美さん」

「ありがとうございます。皆さんには本当にお世話になりました」

ぺこりと頭を下げ、ふと思い出したように怜美が続ける。

「それと、最近不思議なことがあったんです」

別れ話以来、なんの連絡もなかった和志から突然電話があったのだと言う。

『いったいなんの用?』と冷たく問い質すと、彼から婚約不履行の相応の慰謝料と、これから先子どもの養育費は月々ちゃんと支払うとの申し出があったのだという。

「とりあえず、今後は弁護士を立てて金額等を決めることにはなったんですけど」

「それはよかったですね。怜美さんの正当な権利なんですから、遠慮なく受け取ったらいいと思いますよ」

と、智文が我がことのように喜んでいる。

「慰謝料はあきらめてたので、すごく助かるんですけど、和志さん、なんだか少し怯えてて、借りてきた猫みたいに神妙でした。最初は五十万で有耶無耶にしようとしてたのに、いったいどうして急に気が変わったんだか……」

和志の性格をよく知る怜美は、彼が素直に慰謝料を払う気になったことに訝しげだ。

「そういえば、毎晩夢に得体の知れない怪物が出てきて、眠れないって言ってました」

なんとなくピンときて、香帆は「青藍さん、ちょっと」とさりげなく彼を連れて席を外し、怜美たちに聞こえない場所へ移動した。

「なんです？」

「惚けないでください。なんかしたでしょ？」

「さて、いったいなんのことやら？」

と、敵は白々しく肩を竦めてみせる。

「ま、まさか法律に違反するようなこと、してないですよね……!?」

「失敬な。私をなんだと思っているのです？」

一応そう惚けておきながら、青藍はにやりと人の悪い笑みを浮かべた。

「ですが、そうですね。ミミがこのままでは相手の男を許せないと言うものですから、毎晩夢枕に立たせてやったのは事実です。彼にも一応人並みの罪悪感はあったようですから、そのせいでミミが世にも恐ろしい化け猫に見えたのでしょう」

やっぱり、と香帆はそれを聞いて納得した。

だが、ミミと青藍の気持ちもわかるので、それ以上は追及しないことにする。

「でも、婚約不履行の慰謝料と子どもの養育費を支払うからって、それで許されるのかって、かなりモヤモヤするんですけど……」

結婚まで考えた相手からの土壇場での裏切りは、怜美の心を深く傷つけただろう。人によっては心を病んでしまったり、自暴自棄になって人生を台なしにしてしまってもおかしくない。

子どもの将来のこともあるし、決してお金だけで解決する問題ではないと、香帆が思っていると。

「人の口に戸は立てられないものです。彼が怜美さんにした所業は、彼女が明かさずとも会社の人間たちの間で自然と噂になっているでしょう。やがて、それは常務の耳にも届くはず。そんな人間と知りつつ、それでも娘との結婚を許すかどうかは、その父親次第ですが」

人間嫌いを豪語しつつ、青藍はこうしていつも相談者に救いの手を差し伸べてくれる。

それが、香帆は嬉しかった。

「……怜美さんを助けてくれて、ありがとうございます、青藍さん」

素直にそうお礼を言うと、青藍はつんと顎を反らす。

「勘違いをしないように。人間を助けたわけではありません。私はミミが安心して天国へ行けるように手を貸してやっただけです。因果応報で、いずれ彼には己がしでかしたことへの相応の報いがあるでしょう。やれやれ、これだから人間は嫌いなのです」

「でも、そうそう悪い人ばかりでもないでしょ？」

そう香帆が取りなすと、青藍はふんと鼻を鳴らしたが、否定はしなかった。

そこで二人での内緒話は切り上げ、怜美と智文が待つテーブルへ戻る。

「体調が戻るまで食欲なかったんですけど、なんだか一段落したら甘いものが食べたくなっちゃって」

「あ、お勧めの新商品がありますよ」

「わぁ、そしたらデザートに注文しちゃおうかな」

香帆が言うと、怜美は一人で店内のカウンターへ向かい、ショーケースの中のスイーツを物色し始める。

怜美に話が聞こえない距離になると、青藍が智文に告げた。

「で、あなたはどうするのです？」

「……え？　どういう意味ですか？」

青藍の唐突な問いに、智文が戸惑っている。

「あなたが怜美さんのことを憎からず思っていることは、周知の事実なので、今さら惚ける必要はないと思いますが」

「青藍さん、言い方っ！」

香帆が慌てて小声で突っ込むが、青藍は知らん顔だ。

反面、いきなり自分の恋心をすっぱ抜かれてしまった智文は、気の毒なほど狼狽している。

「い、いやぁ、自分では顔に出さないよう気をつけてたつもりなんだけど……バレバレでしたか……？」

「ええ、とてもわかりやすく」

「青藍さんっ」

「僕の気持ちは、いいんです。一方的な片想い（かたおも）なんで」

怜美さんには内緒にしてくださいね、と、智文は照れくさそうに白状する。

「今は、怜美さんは無事出産することだけを考えてらっしゃるでしょう。僕は陰ながら、そのサポートをしたいんです」

現在智文は怜美の雇用主なので、下手に言い寄ったりしたら問題だし、それで彼女が辞めてしまっては困ると考えているようだった。

すると、青藍がこともなげに言う。

「ミミは、あなたになら怜美さんを任せられると、認めていますよ。だからあなたに助けを求めに行ったんです。ですので、いずれあなたがたの縁は結ばれるでしょう」

「本当ですか？　僕は嬉しいけど……でも、もしもそんな日が来たら、怜美さんの意思を最優先するつもりです」

と、智文が慎重に告げる。

ここまで誠実で生真面目な智文だから、ミミも太鼓判を押したのだろうと香帆は思う。

青藍の言う通り、怜美と智文の赤い糸は、いつか結ばれるのだろうか？

二人と怜美の赤ちゃんの未来に、どうかしあわせなことがたくさんありますように、とひそかに祈った。

「赤子が無事生まれるのは、とても素晴らしいことですね」

なぜかしみじみと、青藍がそう呟いたので、どういう意味なんだろう、と少し不思議に思ったが、香帆は「そうですね」と笑顔を見せたのだった。

第三章

「五年つき合った彼氏と、別れたばっかりなんですよ、私。で、そろそろ婚活しなくちゃいけないなぁって思ってた時、友達からこのカフェのことを聞いたんです」

と、小嶋柚希は四阿の席で身を乗り出す。

ショートヘアの明るい髪色にカジュアルな服装の彼女は、パワーに満ち溢れている元気な女性だ。

「私、昔からずっと猫と暮らすのが夢で。あ、うちの母が猫の毛アレルギーがあって、今まで飼えなかったんですよ。それで、結婚して実家を出たら猫と暮らせるんじゃないかって思って。ああ、想像するだけでワクワクします！」

終始テンションの高い柚希を前に、青藍と香帆が顔を見合わせる。

「それで？　なぜ婚活なのです？」

「え？　なぜって？」

「猫と暮らしたいのなら、一人暮らしをして猫を飼えばいいでしょう。結婚する必要はないのでは？」

青藍が、至極まっとうな突っ込みを入れるが。

「いや〜、私ももう二十九歳ですし、親が結婚しろしろってうるさいし、そろそろ年貢の納め時かな〜って思って」

あっけらかんと言って、柚希はにっこりする。

「で、どうしたら素敵な旦那さんと猫をゲットできますか？」


「公爵、ご飯だよ～」

恐る恐る声をかけたが、反応がない。

――うわ～、公爵めっちゃご機嫌斜めだよ。

原因は、わかっている。

今までの相談者の傾向から分析すると、公爵は柚希のようなタイプの女性が苦手なのである。

「まったく……人間の女性は適齢期とやらになると、どうしてああ結婚に目の色を変えるのか、理解不能ですね」

大好物の鶏ささみで機嫌を取ると、公爵はようやくいつものように夕食を摂る香帆のそばへやってくる。

「それはしょうがないよ。友達とか、周囲が皆結婚し始めて、置いていかれるような気がして、焦っちゃうの。気持ちわかるなぁ」

思わずそう共感してしまうと、公爵がちらりと香帆へ視線を投げる。

「ほう、あなたもそうなのですか?」

「そりゃあね。実際友達の半分くらいはもう結婚してて、子持ちの人もいるし。そういうの見てると、それなりに思うところがあるわけですよ。女の人には出産のタイムリミットもあるしね」

それは、香帆自身が通ってきた道なので、同い年の柚希の気持ちはよくわかる。

「子どもを産まない人生の選択もあるでしょう」

「まぁ、それはそうなんだけど、親って孫の顔が見たいとか言ってくるし、いつまでも結婚しないでいると世間体とか、いろいろね」

「では、世間が結婚しろと言うから、それに従うと? 結局それは世間というその時代の空気に洗脳されて、そう思い込まされているだけなのでは?」

言われて初めて、確かに公爵の言うことにも一理あると気づく。

自分も『今』は結婚する気はないとお茶を濁すことで、両親との諍い(いさか)を無意識に回避していたのかもしれない。

だって、一生しないなんて宣言したら、大騒ぎになるのは目に見えているからだ。

「まぁ、すべての人間が結婚せず、子も産まなければ人類は絶滅してしまうので、それはそれで問題ですが、だからといって結婚したくない者にも一人で生きる自由は認められていいはずです」

「……どうしたの？　公爵。らしくなく、ムキになってない？」

不思議に思ってそう問うと、公爵自身はっとした様子で口を噤んだ。

「……べつに、ムキになどなっていません」

そして、誤魔化すように前足を舐めて毛づくろいを始めた。

「ご機嫌悪くないなら、ニャンモナイトになって、中心に指入れさせてくれるんじゃない？」

猫が腹を内側にして丸まる姿を見ていると、真ん中の空間に指を差し入れたくなるのは猫飼いあるあるだ。

駄目モトで誘い受けしてみたのだが、公爵には「意味不明で却下です」といつも通り冷たくあしらわれたのだった。


「まずは街コンかなって思って、さっそく週末参加したんですけど、なんかこう、イマイチだったんですよねぇ」

次の予約時。

つらつらと柚希に語られ、眉間に皺を寄せた青藍がそっと隣の席の香帆に耳打ちする。

「……街コンとは、なんですか？」

「えっと……地域で主催してる合コンみたいなもので、未婚の男女の出会いの場ですかね」

「なるほど」

「それで、街コンが盛り上がらなかったんで、次はマッチングアプリに挑戦してみました！」

そう言って、柚希は二人に向けてスマホの画面を翳してくる。

「今、この三人と会おうかと思ってるんですけど、ヤリモクの人います？」

すでに能面顔の青藍に、香帆が慌てて小声で話しかけた。

「私も詳しくないんですけど、マッチングアプリの説明しますか？」

「……お願いします」

「マッチングアプリっていうのはスマホのアプリで異性と出会えるツールで、ヤリモクは……いわゆる、その……相手と真剣に交際する気がなくて身体目当ての人って意味です」

「……了解しました」

現代用語に疎い青藍は、誤魔化すように咳払いをする。

「先日もお話ししましたが、まずはご自分が本当に望んでいることがなにかを、よく考えてみてはいかがですか？」

「だって、私、気づいちゃったんです！　皆、今日が一番若いってことに！　婚活市場では一歳でも若い方が有利なんだから、時間を無駄にはできません。急いでガンガンいかないと！」

「いや、ですから……」

「マッチングアプリでうまくいかなかったら、次は結婚相談所に入会ですよね。さぁ、こうしちゃいられない！　これから川崎（かわさき）で一人とアポ入ってるんで」

言いたいことだけ言って、柚希は「また予約入れますね！」と元気に帰っていった。

前回はカジュアルな服装だったのが、これからお相手と会うせいか淡いピンクのワンピース姿だったので、かなり気合いが入っているのが窺える。

「清々（すがすが）しいほど、人の話を聞いていませんね、あの人は。いったいなんのために、ここに来ているんだか」

　と、青藍がため息をつく。

「でも、五年つき合った恋人と別れてもすごく前向きなんで、いいんじゃないですか？」

「私には、無理をしているように見えますがね」

「……え？」

「しかし、昔は親の決めた相手に否応なく嫁がされていたのに、今は本人の自由意志で恋愛や結婚ができるようになったのですね……いい時代になったものです」

青藍の口調が、なぜか感慨深げだったので、香帆が不思議に思う。

青藍の知り合いに、誰か無理に嫁がされて、しあわせでない結婚をした人がいたのだろうか……？

Date ・

相談記録
小嶋柚希（二十九歳）のケース

小嶋柚希は、どちらかといえば暢気な性格だ。

家族構成は、公務員の両親と四つ年下の弟の四人家族。

ごくごく平凡な家庭に生まれ育ち、成績も常に中くらいの人生だった。

市内の公立高校を卒業した後は、旅行好きだからという単純な理由で観光専門学校へ進学、横浜にあるシティホテルに就職を決めた。

現在二十九歳、入社九年目のフロント係だ。

もちろん大変なこともあるが、基本人と関わることが好きなので、仕事は楽しくやり甲斐もある。

仕事は三交代制で夜勤もあり、不規則で忙しかったが人並みに恋もして、二十四歳の時、友人の紹介で出会った同い年の会社員の男性・一宏と交際するようになった。

恋に仕事に充実した、まさに順風満帆な日々は瞬く間に過ぎていき、いつのまにか五年が過ぎていた。

「あなた、一宏さんとはどうなってるの？　もう五年もつき合ってるなら、いい加減けじめをつけてもいい頃でしょう？」

先に業を煮やしたのは母で、早くプロポーズさせなさいと尻を叩かれた。

そうか、もう自分は世間一般で言うところの、いわゆる適齢期というやつだったと、暢気な柚希はそこでようやく気づく。

だが、彼氏に結婚する気があるのかどうかなど、聞けるわけもない。

困った柚希は友達に相談し、彼と会っている時にさりげなく書店の結婚情報誌コーナーへ誘導したり、「友達が結婚ラッシュで、ご祝儀が大変～」などと結婚の話題を出すように伝授され、頑張って実行してみた。

だが一宏は結婚には無反応で、なにを考えているのかわからない。

搦め手が苦手な柚希はだんだん面倒になってきて、ついに正面切って「私と結婚する気ある?」と切り込んだ。

すると彼は言葉を濁し、「う～ん……まだ時期じゃないかな」と曖昧に逃げた。

「でも、柚希がどうしても今すぐ結婚したいなら、俺が邪魔するわけにはいかないから、婚活したらいいと思うよ」

その返事に、彼が自分と結婚する気がなかったことを悟り、別れることにした。

今思えば、最後の方は連絡も減ってきていたので、ほかに好きな女性でもいたのかもしれない。

もしかしたら、とっくに倦怠期に入っていたのだろうか?

自分になにか問題があったのだろうか?

そんな自分が、次に新しい恋愛をして、果たして結婚まで漕ぎ着けられるだろうか?

五年もつき合った相手に、結婚する気がなかったのはかなりショックで、しばらくはどん底まで落ち込んだ。

「だから、真面目な人とお見合いして相手を選んでおけば、こんなことにはならなかったのに。女の人生で、一番貴重な時期を無駄にしたわね」

母からの辛辣な言葉にも傷ついたが、両親が自分を案じてあれこれ口を出してくるのはわかっていたので反論はしなかった。

ふと気づけば、周りの友人たちはいつのまにか大半が結婚していて、子どもが生まれたというハガキもよく届く。

なんだか自分一人だけが、世間から取り残されてしまったような気がした。

同じく婚活中の同僚によると、女性の二十九歳と三十歳の差はかなりあるらしく、そう言われるとますます焦ってしまう。

——頑張らなきゃ、今から挽回しなきゃ……。

なにもしていないと悪いことばかり考えてしまうので、柚希は無理やり自分を婚活に追い立てたのだった。

「で、アポを入れすぎると、誰が誰だったか後でわからなくなってきちゃうんですよ。一応、その場でメモを取ってはいるんですけど」

いつものように、延々と婚活の成果を報告され、ほぼ聞かされる一方だった青藍が眉間に縦皺を刻んでいる。

「私、普段はパンツスタイルばかりで、スカートはほとんど穿かないんですけど、それじゃ駄目だって友達に言われて男性受けのいい服を買ったんです。でも、そういうのって普段の自分と違うのに、お相手を騙すことにならないんですかね？」

「……柚希さん。私は猫絡みの相談を受けているのであって、婚活のエキスパートではありません。今後婚活の愚痴を聞かせるために予約を入れるのはお控えください」

ついに青藍にきっぱり言われたが、柚希はまったく堪えた様子はない。

「え〜、そんな冷たいこと言わないでくださいよぉ。私の運命のお相手と猫ちゃんとどこで出会うのか、青藍さんに教えてもらうまでは通い詰めますよ？」

「……私では手に負えません。後はお任せします」

そう香帆にバトンタッチし、青藍はそそくさと次の予約客の席へ逃げてしまう。

なので、結局香帆が柚希の話を聞き、彼女は元気に「また報告に来ます！」と帰っていった。


「柚希さん、元気なふりしてるけど婚活うまくいってないみたいだから、本当は落ち込んでるんじゃないのかな。ちょっと心配なんだよね」

と、香帆はカウンターでコーヒーを淹れていた美智也に話しかける。

もちろん、相談内容は外部に漏らさないよう守秘義務は徹底しているが、調理で香帆が手が離せない時もあるので、相談者によっては美智也が代わりに同席することもある。

柚希の事情は彼も知っているので、つい相談してしまう。

なぜなら柚希の話は、ご機嫌が悪くなるので青藍にはしにくいからである。

「人のことはともかくとして、香帆さんはどうなんすか、結婚」

「……え？」

「うちの母が、親戚で婚活してる人がいるからって、頼まれちゃったみたいで、香帆さんどうかしらって言ってるんすよ。二十八歳の公務員って言ってたかな」

美智也の母は彼が以前アルバイトをしていた頃からちょくちょく店に顔を出し、客として通ってくれていたので、祖母とも香帆とも顔なじみなのだ。

「そ、そうなんだ……ありがたいけど、私はまだいいかな……って言っても、世間的にはとっくに適齢期なんだろうけどね。それにその方より、私の方が年上だし」

香帆は笑って、そう誤魔化す。

確かに、人の世話を焼いている場合ではないのかもしれないと、まさに現実を突きつけられたようで少々気落ちする。

「え〜、今どき年上がいやとか、ないっしょ〜」

そんな話をしていると、なぜか青藍がいつもの四阿から店内へ入ってくる。

なにか用なのだろうか、と注目するが、なにをするわけでもなく香帆たちがいるカウンター前へやってきた。

「それに香帆さんは若く見えるから、俺もあんま年上って感じしないんすよねぇ。ね、青藍さんもそう思いませんか?」

いつもの調子で気安く話しかけてくる美智也に、青藍は「ノーコメントです」とつれない。

「……やっぱ気のせいじゃない。青藍さん、なんか俺にだけ、いつも塩対応じゃないっすか？」

　そんな彼の反応に、美智也がこっそりそう耳打ちしてくる。

「そうかな？　青藍さんって、誰に対してもあんな感じじゃない？」

「俺が思うに、あれは嫉妬だと思うんすよね。俺が香帆さんのそばにいるから、気に入らないんだと思います」

　真顔の美智也の言葉に、香帆は一瞬ぽかんとしてから思わず噴き出してしまう。

「は……？　ないない！　青藍さん、私のことなんて、その辺の池にいるミジンコくらいの認識だよ？」

「……それはそれでひどいっす」

　すると、二人がひそひそ話しているのが気になるのか、無意味に店内を徘徊(はいかい)していた青藍が、再びカウンター前までやってくる。

「どうしたんです？　フルーツクリームあんみつ、お代わりしますか？」

「……けっこうです。それより、スタッフ同士雑談する暇があるなら、新メニューでも考えたらいかがです？」

「なんか、ご機嫌悪いですね」

　どうしたんだろう、と香帆が不思議に思っていると。

「すいません！　気が利かなくて。俺、裏で皿洗いでもしてますね」

なぜか美智也が、そそくさと裏へ引っ込もうとした。

「なに、どうしたの？」

「やっぱ青藍さん、俺と香帆さんが仲良くしてるのが気に入らないんすよ」

小声で耳打ちされ、香帆は動揺してしまう。

「ヘンな気を遣わないでいいからっ。青藍さんにも迷惑だから、あの人にそんなこと言わないでね？」

「え～？　俺から見て、青藍さんは絶対香帆さんに気があると思うんすけど。これ、男の勘です！」

「なに馬鹿なこと言ってるの。さ、コーヒー豆を裏の倉庫に運んでおいて」

「うぃっす」

まったく、今どきの若い子は突拍子もないことを言い出すから困る。

まだ少し心臓がバクバクしていて、香帆は深呼吸する。

実際の年齢は知らないが、二十六、七歳に見えるので、青藍は香帆より少し年下だろう。

――いや、でもあやかしなんだから若く見えても、実際すごく年いってる可能性高いよね？

なにはともあれ、あやかしである青藍が、人間の自分にそういった感情を持つはずがない……と思う。

だが、自分の方はどうだろう？

そこまで考え、香帆は慌ててそれを振り払う。

――青藍さんってば、私にはツンデレを通り越してかなりのツンツンだし、人間より猫第一だし、それからそれから……。

彼の問題点をあげようとすると、その分ほかにいくつものいいところも思い出す。

思わず彼を凝視してしまうと、青藍に訝しがられる。

「なんです、人の顔をまじまじと見て」

「な、なんでもないです……」

慌てた香帆は「それじゃコーヒーのお代わり淹れますね」と誤魔化した。


『小菊茶房』は週に一度、水曜日が定休だ。

翌日はちょうど定休日だったので、香帆は午前中は祖母のところへ顔を出し、様子を見てきた後に店の掃除を入念に済ませ、午後は自宅の掃除と料理の作り置きや店の経理などに没頭した。

忙しく立ち働く香帆を、公爵はそばでのんびりと日向ぼっこをしながら見守っている。

夕方になり、ようやく一段落つくと、香帆はふと悪戯心を起こして公爵にこう言ってみた。

「そ、そうだ！　ちょっと気分転換したいから、青藍さんをお散歩に誘ってみようかな～？」

「……」

「どう思う？　公爵。迷惑だと思う？」

「……べつに、いいんじゃないですか」

そう答えると、公爵は身軽く階段を駆け下り、行ってしまう。

すると、ややあって玄関のインターフォンが鳴った。

「はぁい」

香帆も階段を降りて鍵を開けると、そこには着物姿の青藍が立っていた。

「よければ、少し散歩でもしますか？」

「……はい！」

こうして意味のない茶番劇を繰り広げた後、二人は連れ立って夕暮れの街を歩きだす。

「鎌倉は、裏路地散策が風情があるのですよ」

そう早口で告げると、青藍は照れ隠しなのかさっさと行ってしまう。

――公爵……いや、青藍さんが相談じゃなくプライベートで会ってくれるなんて！

すごい進歩じゃない？

公爵はあやかしだと正体を明かした後も、詳しい身の上などは一切教えてくれない。これは親睦を深めて打ち解け、あわよくば彼のことをもっとよく知ることができる絶好の機会ではないかと期待する。

「なにをしているんです。置いていきますよ？」

「ま、待ってくださいっ」

香帆は慌てて外出用のポシェットを手に、その後を追う。

確かに、鎌倉には裏路地が多い。

幼い頃からよく通っていた場所だが、祖母の家周辺しか土地勘がないので、意外に道を知らないことに気づく。

「この道は、毎年山茶花（さざんか）の花が咲くんです」

「わぁ……綺麗ですね」

秋は、散策にもってこいの季節だ。

青藍に導かれるままに歩くと、よくこんな裏路地を熟知しているなと感心するほど、スイスイと先を進んでいく。

「青藍さん、よくこんな道知ってますすね。まるで猫みたい」

なにげなく言ってしまってから、香帆はしまったと後悔する。

二人の間で、アンタッチャブルになっていた話題に、無遠慮に触れてしまった。

するとと、青藍が足を止め、着物の袖に両手を差し込んで香帆を振り返る。

咲き誇る山茶花の花をバックにしたその立ち姿は風情があって、思わず見とれてしまう。

「……もしも、もしも本当に私が公爵なら、どうしますか？」

「え……？」

「猫相談はやめて、公爵を追い出しますか？」

「どうして？　たとえあなたが何者だとしても、今までとなにも変わりませんよ？」

なぜそんなことを聞くんだろう、と香帆は逆に驚く。

「だいたい、あやかしだと知った上で猫相談をお願いしてるんですから、今さらだと思うんですけど」

「……香帆さん」

「そこそこカロリーも消費したことだし、この辺でスイーツ補給しません？　確か、この近くにおいしいジェラートのお店があるんですよ。青藍さん、ソフトクリーム好きだからアイス系大丈夫ですよね？　私奢（おご）るんで、どれがいいですか？」

と、香帆は率先してお気に入りのジェラテリアへ入り、青藍のリクエストでピスタチオとバニラのジェラートを二つ注文した。

店の外にあるベンチで二人並んで座ると、観光客らしい若い女性たちが青藍を振り返って眺めていく。

だが、もうそうした光景には慣れっこの香帆は、さっそくスプーンで一口食べてみた。

「う～ん、おいしい！」

青藍も、隣で一匙ジェラートを口へ運ぶ。

言葉には出さないが気に入ったらしく、見えないはずの猫耳がピンと立ち、二股の尻尾がご機嫌に揺れているのが目に浮かんで、香帆は笑いを噛み殺した。

「我らあやかしは、三食摂る必要はないのですが、人間の好むこの甘味というものはなんというか……ほっとしますね。特に、美代子さんの炊いたあんこは絶品です。香帆さんも、もっと精進するように」

「はいっ、いつかお祖母ちゃんの味に到達できるよう頑張りますっ」

今はまだ、祖母の助けを借りてなんとか店を切り盛りできている状態だが、いつか自分も祖母のようなおいしいあんこを炊けるようになりたい、それが香帆の目標でもあった。


「……ただいま戻りました」

「おかえり、公爵」

青藍と別れ、店の二階へ戻って洗濯物を畳んでいると、ややあって公爵が帰ってきた。

そのしなやかな背中の毛並みに、山茶花の花びらが一枚ついていることに気づいたが、香帆はなにも言わず、こっそりそれを取ってやる。

なにか言いたげな視線を感じたのか、公爵が「……なんです？」と、つんと顎を反らす。

「べつに。なんでもないよ」

言いながら、香帆がそっと手を伸ばして頭を撫でてやると、公爵は耳を後ろに倒し、じっと目を閉じている。

――青藍さんの時は一緒にお出かけできるし、公爵の時はこうして撫でてあげられるし、どっちも大好きだよ。

心の中でだけ、ひそかにそう呟く。

猫が耳を後ろに反らせる時は拒否や怒りの感情を表しているが、撫でられて気持ちがよくてもそうする場合もあると知っているので、香帆はそのまましばらく公爵の頭を撫でてやったのだった。


「保護猫を引き取る前に、ボランティアに参加させてほしいんですけど」

そう柚希が言い出したのは、青藍の猫相談に通い始めて三度目のことだ。

美智也に相談すると、「めっちゃ大歓迎っす！」と保護猫センターに紹介してくれるとのことだったので、任せることにした。

婚活の合間を縫って、初めてのボランティアとして登録した柚希は、まずは猫部屋の掃除や身の回りの世話、それにまだ人慣れしていない猫たちの社会化を促す訓練などに参加したらしい。

「どの子も皆可愛いんだけど、運命の出会いはまだみたいです」と報告してくれた。

どうやら彼女は、ボランティアとして関わりながら、将来自分が引き取る子との運命的出会いを夢見ているらしい。

香帆もバイト時代から祖母と一緒に、何度かボランティアに参加した経験があったので、最近ようやく店も軌道に乗ってきたし、自分も参加しようかなと考える。

なにげなくその話をすると、柚希が「なら次は一緒に行きましょうよ！」と誘ってくれた。

柚希もホテル勤務でシフトが不規則なので、店の定休日の水曜日に休みが合った日に、一緒に出かけることにする。

一応青藍にそれを伝えると「私も同行します」と言うので、参加者は三人になった。

ところが当日、店前で待ち合わせだったのだが、約束の時間を三十分過ぎても柚希が現れない。

「どうしたんでしょう、柚希さん。なにかあったのかな」

香帆は心配し、何度かスマホに電話してみたが、留守録に切り替わってしまう。

すると、しばらくしてようやく柚希から電話がかかってきた。

『香帆さん、遅れてすみません。あの、この近くに動物病院ありませんか⁉』

「え、どうしたの⁉」

『そちらに向かう途中、大通りで猫が車にぶつかるとこに出くわしちゃって。と、とにかく、病院に連れていかなきゃって思ってて』

柚希がかなり動揺していたので、「落ち着いて、今そっちに行くから!」と電話を切り、青藍と大通りへ駆けつける。

すると、歩道に座り込み、自身のカーディガンで怪我をした猫を包んで抱きかかえている柚希の姿が見えた。

「柚希さん!」

駆けつけ、青藍がまず猫の怪我の様子を確認する。

「左後ろ足を骨折していますね」

推定五歳くらいだろうか。

ハチワレ柄の、雑種の雄猫だ。

痛みに呻(うめ)くように、か細い声で鳴いている。

「そこの横断歩道で飛び出して、止める暇もなくて……軽くぶつかった程度で、この子がよろよろ起き上がったからか、当たった車は、そのまま行っちゃったんです」

「ひどい……」

車から降りもしなかったという運転手に香帆は憤慨したが、今は治療が先決だ。

「近くに、知り合いの動物病院があるんで、行きましょう」

とりあえず智文に電話を入れると、すぐ連れてくるように言ってくれたので、三人で埜瀬動物クリニックへと急ぐ。

「香帆さん、こっちよ」

受付で事務員として働いていた怜美が、目立つようになってきたお腹を抱えて診察室へ案内してくれた。

急患ということで、すぐ診察してもらえることになる。

智文の診断は、青藍の見立て通り左後ろ足の骨折と多数の打撲とのことだった。

「全治三週間といったところですね。命に別状はないし、すぐ元気になりますよ」

「よかった……」

ほっとした様子の柚希に、智文が表情を引き締め、続ける。

「それで、少し厳しい現実のお話をしなければなりません。ご存じの通り、動物には人間のような健康保険制度がないので、治療費は全額自費になります。今回のケースは、骨折部の整復手術に入院等、諸々込みで恐らく数十万かかるでしょう。この子は首輪もないし、野良ちゃんのようですが、この子のために高額な治療費を支払う覚悟はありますか？」

詳しく話を聞くと、こうした野良猫が事故に遭い、動物病院に持ち込まれるケースはよくあるらしい。

だが、高額な治療費の話をすると、自分は払えないからと逃げ帰ってしまう人が多いのだそうだ。

そうした場合、智文のところで自腹を切り、治療した後は保護猫センターへ引き取ってもらうのだという。

「この子を一生面倒見る覚悟がないなら、安易に関わらないことをお勧めします」

今までそうした厳しい現実を見続けてきた智文の重い言葉に、柚希はいったん沈黙した。

そして、ややあって口を開く。

「決めました。飼い主さんが見つからなかったら、私が責任を持ってこの子を引き取ります。治療費も、なんとかします。だから、どうかこの子の怪我を治してあげてください……！」

そうきっぱりと言い切り、柚希は智文に向かって頭を下げる。

「わかりました。すぐ治療に入りますので、待合室でお待ちください」

治療の結果、しばらくは入院することになったので、香帆たちは後を智文に任せてクリニックを後にする。

「実家には連れていけないから、急いで住むところを探さなきゃ……」

柚希は、さっそくあの子と暮らす住居のことを考えているようだ。

「お母様にアレルギーがあるって言ってましたもんね」

「本当に大丈夫ですか？　柚希さんの婚活にも支障が出るのでは？」

青藍が少々意地の悪い質問をすると、柚希は「大丈夫です！」と胸を張る。

「人生って、予期せぬ出会いがどこに転がってるかわからないって、青藍さん言ってたじゃないですか。あの子との出会いは、私にとっての運命だって感じたんです。だからまず、なによりあの子を最優先します！」


「聞いてくださいよ、香帆さん、青藍さん！　不動産物件にも、運命の出会いがあったんですよ～！」

あれから。

柚希はさんざん悩んだ挙げ句、助けた子に『タケオ』と名前をつけたと報告してくれた。

母親にアレルギーがあり、今の実家では飼えないので、柚希は仕事の合間を縫って急いで物件を探したらしい。

「初めて猫と暮らすんだけど、初の一人暮らしでもあって心細いっていう話をしたら、不動産業者のお姉さんが猫飼いさんで、いい物件があるって紹介してくれたんです！」

興奮気味に、柚希は話を続ける。

横浜の郊外にある、こぢんまりとした五階建てのマンションは、猫好きのオーナーが『集合住宅でも、ご近所に気兼ねせずにペットと快適に暮らせる賃貸物件を作りたい』と思い立ち、始めたペット共生シェアハウスらしい。

「で、なんていうか内見に行って、私ビビッときちゃったんです！　ああ、ここが私の求めてた居場所なんだって」

住人はペットを飼っていてもいなくても入居可だが、共有部分などもペットが自由に出られるルールなので、それに同意できる人限定とされている。

小さいが、庭にはドッグランまで備えつけられているようだ。

ペットの誤飲を防ぐため、掃除など細かい決まりごとも多いらしいが、最初からルールが決められている方が安心して住めると柚希は思っているらしい。

「一人暮らしでも、なにかあったらほかの住人が面倒見てくれるし、お互い様なんですって」

「いいお部屋が見つかったんですね」

飼い主がいる迷い猫の可能性もあるので、柚希は保護猫センターの人たちの助言を参考に、一応警察や保健所、周囲の動物病院などに迷い猫の届け出がないかを確認した。

その結果、チップも入っていなかったのでタケオは野良猫だろうということになり、智文のクリニックで入院中に諸々必要な診察、ワクチンや虫下しなどの処置も済んでいる。

去勢もした方がいいと勧められたので、予約を入れたと柚希が教えてくれた。

「埜瀬先生がいろいろ教えてくれたので、これからは定期的な健康診断も、ちゃんと受けようと思ってます」

「よかったですね、柚希さん」

香帆はといえば、これまた我がことのように喜んでいる。

「タケオと目が合った瞬間、なんというか運命を感じたんですよねぇ。私、タケオのためならなんでもできる気持ちです。生まれてからずっと野良ちゃんだったみたいなので、当分懐いてくれないだろうし、トイレの躾にも時間がかかるだろうって先生には言われたんですけど、根気よく頑張ろうと思います」

どうやら柚希も、運命の赤い糸が繋がる相手に巡り会えたようだ。

すると、それまで黙って話を聞いていた青藍が、初めて口を開く。

「それで、その後婚活の方はいかがですか？」

「あ〜……そっちなんですけど、私、今は結婚する時期じゃないのかなって気づいて、当分婚活は保留することにしました」

「え、そうなんですか？」

突然の方向転換に、香帆が驚く。

「いろいろやってみたけど、お相手があることだからしんどいこととかもあって。なんで私、こんなことやってるんだろう？　って、めっちゃ落ち込む時があるんですよねぇ」

柚希によると、マッチングアプリだとどうしても遊び目的や既婚者の男性などがいたりして、用心しないといけないこともあるらしい。

ほかにもアポを直前でドタキャンされたり、メッセージでのやりとりで嚙み合わず疲弊したりと、仕事の合間を縫っての婚活は、彼女にとって思いのほかメンタルに堪えることが多かったようだ。

そこで、友人にも相談し、本格的に結婚相談所に入会しようかと考えた時、入会金の高額さにふと我に返ったという。

「そのお金で、タケオの治療費が出せるって、気づいちゃったんですよねぇ。それで……青藍さんにも前に聞かれたけど、どうしてそこまでして結婚したいんだろうって、ちゃんと自分自身と向き合って考えてみたら、一番の動機ってやっぱり世間や周囲からの、目に見えない圧力みたいなものだったんですよ」

この年になったら、もう結婚しないといけないから。

出産できるタイムリミットが迫っているから。

結婚しないと、世間から一人前と認められない気がするから。

親や周囲から、親切心のつもりで急き立てられ、焦るばかりだったことに気づいたのだ。

「親の期待とか世間や会社の目とか、そういうものをなにもかもとっぱらってみたら、私、今どうしても結婚したいわけじゃないって気づいちゃったんです。世間体ばっかり気にしてたけど、それって本当の自分の人生を生きてないなって思って。だから、今は親元を離れて自立してみて、タケオと暮らして、まずはそこからあらたな人生のスタートを切りたいです！」

「そうですか。自分の気持ちがはっきり見えて、よかったですね」

めずらしく、青藍も彼女の選択を肯定している。

「婚活は一年遅くなるほど不利になるって、周りからは言われたけど、今じゃないのを無理して結婚を焦るのは、お相手にも失礼だと思うし。ずっとこのままいくかもしれないけれど、この先いつか、本当に私にとってその時期が来たら、その時にまた頑張ろうと思ってます」

「気持ちが決まって、よかったですね。柚希さん」

「はい。婚活に疲れたから、現実から逃げるんじゃなくて、今の私には必要なかったことに気づいたんです。私、自分の気持ちがなんにも見えてなかったんですね」

「ご自分でそれに気づけて、よかったですね。タケオも、あなたと出会えたことを喜んでいますよ」

「本当ですか⁉　嬉しい！」

青藍の言葉に、柚希は屈託のない笑顔を見せる。

「なにかわからないことがあったら、なんでも聞いてくださいね。うちにも、公爵っていう可愛い猫がいるので」

「あ、噂のオッドアイの白猫ちゃんですよね？　一度会ってみたいけど、私がいる時には、なぜかお店に姿を現してくれないんですよねぇ」

香帆がちらりと青藍を見ると、彼はそしらぬ顔で明後日の方向を眺めている。

「これからも時間を見つけて、ボランティアの方も続けてみようと思ってます。本当にいろいろありがとうございました！」

元気に一礼し、柚希が席を立つ。

そして、去り際に香帆と青藍を振り返り、つけ加えた。

「このお店と、香帆さんと青藍さんに出会えたのも、私にとって運命の出会いです」

「柚希さん……」

彼女が帰っていくのを見送りながら、香帆は涙腺が緩むのを必死で堪えた。

「なんです、これくらいのことで」

「だって、嬉しくて。すごく悩んだけど、お祖母ちゃんからこの店を引き継いで、青藍さんと猫相談を始めて、本当によかったです」

「……ありがたみがわかったのなら、今後よりいっそう私と公爵に尽くすように」

「は～い、感謝の気持ちを込めて、ソフトクリーム大盛りのクリームあんみつお持ちしますね」

目許を拭い、香帆は笑顔で言った。


「……というわけで、公爵に会いたがってたよ、柚希さん」

「そうですか」

公爵にもお礼をということで、店じまいした夜に大好物の鶏ささみを差し上げると、彼は満足げにそれを平らげる。

最近は店では青藍として、こうしてプライベートでは猫の公爵としていつもそばにいてくれる彼に、香帆は心から感謝していた。

「公爵、うちに来てくれて……そばにいてくれて、ありがとね」

しみじみそう告げると、公爵が不審げな顔をする。

「……なんです、藪から棒に」

「ううん、なんとなくお礼が言いたくなって」

もし公爵が、そして青藍がいてくれなかったら、今頃自分はどうなっていただろう？

前の会社で疲弊した心と身体のまま、恐らく店の経営もうまくいかず、祖母の大切な店を失うかもしれない恐怖に怯えながら、未だ闇の中を一人迷走し続けていただろう。

「私ね、前の会社で身体を壊したのは、自分が弱くてちゃんとしてないからだって、ずっと自分を責めてたんだ。ほかの同僚たちはまだ頑張って務めてるのに、どうして私にはできなかったんだろうって」

もうすっかり回復したと、ずっと元気なふりをしてきたけれど。

香帆は思い切って、今まで誰にも話すことができなかった胸の内を語りだす。

実際、退職届を出した時も、上司に『今の若い子は本当に根性がないな』と捨てゼリフを吐かれた。

香帆の直属の上司は、機嫌が悪いと机を叩いて部下を恫喝するタイプで、彼のパワハラで辞めていく者も多かった。

実父の不機嫌な時を思い出し、彼の前へ出ると心臓がぎゅっと縮まるような思いを、いつも必死に堪えていたことを思い出す。

同期の男性からも、「逃げるのかよ。きみが辞めるせいで、俺たちの負担がますます重くなるのに」と忌々しげに呟かれ、その言葉は今でも棘のように香帆の胸に突き刺さったままだ。

後に残してきた彼らに申し訳なくて、夜も眠れず不眠症のようになった時期もあったし、体重もかなり落ちた。

あの会社に勤めていた時は、身も心も、すり減らし続けた日々だった。

「でも、ここへ来た時、公爵が『安心なさい、あなたの人生はまだ始まったばかりです。道を間違えたと気づいたなら、人生はいつでも何度でも修正が利くものなのですよ』って言ってくれたの、憶えてる？」

「……そんなこともありましたかね」

祖母の大事な店を引き継いだのだから、と一心不乱に頑張ってきたのも、つらい記憶に引きずられないように、考える時間ができるのが怖かったからかもしれない。

そんな自分の空元気を、公爵はとっくに見透かしていたのだろう。

「私、あの言葉にすごく救われたんだ。この先も後悔を引きずって生きるのは、つらかったから」

すると、公爵は身軽く香帆のそばにやってきて、頭を下げてイカ耳になった。

撫でてもいいよ、というお誘いを受け、香帆はそっとその頭を撫でてやる。

「その同僚の男性が、そういう企業だとわかった上で会社に残る選択をしたのも彼の自由ですし、自分の健康を優先して退職するのもあなたの自由です。誰にも各々の選択をとやかく言う資格など、ないのですよ」

「公爵……」

「なにも引け目を感じる必要はありません。人には皆、自分の人生を選択する権利があるのですから」

彼なりの慰めに必死に涙を堪え、香帆はすん、と鼻を啜る。

「……慰めてくれるんなら、抱っこしてもいい？」

「それは却下です」

「なんでいつも、抱っこは駄目なわけ？？」

公爵の過去
明治時代　シロ編

「シロ、シロ、どこにいるの？」

美しく手入れされた庭園の一番日当たりのよい場所で、ウトウトとまどろんでいた公爵は、自分を呼ぶ声に薄目を開ける。

やれやれ、わざわざ呼ばずとも、ここにいるのはわかってるはずなのに。

前足に顎を乗せ、のんびりかまえていると、女学生の袴姿の少女が公爵を見つけ、嬉しそうに駆け寄ってくる。

「やっぱりここにいたのね。シロは本当にここがお気に入りの場所なのね」

と、少女は公爵を抱き上げる。

すると、今度はその少女を捜しに来たのか、和服姿の母親が慌ててやってきた。

「絹子、なにしてるの。早くしないと女学校に遅刻しますよ」

「だって、シロに行ってきますの挨拶をしないと」

「まったく、あなたは本当にシロが可愛いのねぇ」

と、母親の多恵は娘のシロへの溺愛ぶりにあきれている。

ここは、東京にある富士宮子爵邸。

絹子の父親の名は、富士宮治嗣、母親は多恵。

そして兄の尚春との四人家族だが、離れには爵位を息子に譲り、引退した治嗣の両親が住んでいる。

江戸時代から、各地を流れ流れて。

公爵は今、絹子に拾われ、この子爵家の飼い猫となっていた。

「あなたがシロを拾って、もう十年近く経つかしら？　早いものね」

多恵がなにげなく言うと、絹子が眉を曇らせる。

「あら、どうしたの？」

「だって……猫って二十年も生きられないのでしょう？　あと何年、シロと一緒にいられるのかしら？」

「あらあら、この子は。そんな先の心配をしてもしかたがないでしょう？　さぁ、まずは学校へ行ってらっしゃい」

「は〜い、行ってまいります、お母様、シロ」

気持ちを切り替えたのか、絹子が愛用の自転車に乗って元気に登校していく。

多恵が玄関の外でそれを見送っていると、これから出勤する父親の治嗣がやってきた。

「絹子は、行ったのか」

「ええ、今しがた」

「まったく、女だてらに自転車なぞ乗り回しおって。近所の者にもじゃじゃ馬だと思われて、いい縁談が来なくなるではないか。それもこれも、おまえの教育がなってないからだ」

「……申し訳ありません」

多恵が治嗣に口答えをしているところを、公爵は見たことがない。

嵐が吹き荒れている時は、ただ頭を低くしてじっとしていた方が早く通り過ぎてくれる。

それは長年の結婚生活で学んだ、彼女なりの対処法なのかもしれない。

そんな父と母の姿を見て育った絹子にも、思うところがあるのだろう。

以前、こっそり公爵に打ち明けてくれたことがある。

「私、知ってるの。お母様はお父様にいつもお説教されていて、一緒にいて少しも楽しそうではないわ。親が決めたお相手と結婚するから、そういうことになるんだと思うんだけど、どうして自分でお相手を選んではいけないのかしら？　シロはわかる？」

そういう時代なのだろう、と公爵は思ったが、絹子は納得できていないようだ。

「私は……やっぱり自分の好きな方の許へ嫁ぎたいわ。それなら、どんな苦労も耐えられそうな気がするの」

絹子の願いは、果たして叶うだろうか？

公爵はこの娘のために、ただ祈ってやることしかできなかった。

富士宮子爵家は、旧大名家出身の華族だ。

版籍奉還で領地を返還した代わりに、その石高に応じて多額の金禄公債が与えられたので、絹子の家はそれなりに裕福だった。

そのおかげで、当時女性がなかなか進学できなかった女学校へ入学することができた。

椅子での授業が増え、着物の裾が乱れるという理由で女学生たちの袴姿が普及しつつある時代だ。

「でもね、授業参観と称して、殿方がしょっちゅういらっしゃるのよ。いやになっちゃう」

公爵相手に、絹子はよくそう愚痴を零していた。

女学校に通うのは、裕福な華族の女性、つまりは身許の確かな良家の子女たちだ。

上流階級の男性たちが、跡取り息子の花嫁候補を物色するには、格好の場所だったのである。

実際に、その『授業参観』で見初められて縁談が舞い込み、卒業と同時に結婚という流れが多かったらしい。

中には卒業前に結婚が決まり、早々に退学していく同級生もいる。

自分の学び舎が、花嫁選びの場になっていることに、絹子は憤慨していた。

「私は、親やほかの誰かに決められた結婚なんていや。物語の主人公みたいに、自分で好きになった方と結ばれたいわ」

それは、恋に夢見る乙女の絹子の口癖だった。


一方、千代を失ってからずっと、公爵はひそかに変化の術を学び続けていた。

人目がない時間を見計らい、裏庭の一角で人間の姿に変身する。

今のところ不自由はなかったが、いずれ人間の姿でなければ困ることがあるかもしれない。

千代を失った後悔から、公爵は絹子になにかあったら身を挺して救おうと考えていた。

——変化はできるが、一日が限界か……。

普通の人間として暮らすなら、もっと長時間変化し続けられなければ難しいだろう。

だが、このまま絹子の飼い猫として暮らすならば必要ないだろうか、と考えた、その時。

近くの草むらを掻き分ける気配がして、公爵は反射的に振り返る。

すると、そこに立っていたのは絹子だった。

庭園に水やりに来たのか、手には如雨露(じょうろ)を持っている。

——しまった……！

人間に変化しているところを目撃され、公爵は慌てた。

「……あなた、誰……？　どうして、うちの庭にいらっしゃるの……？」

その言葉で、自分がシロだとバレていないとわかり、ほっとする。

どうやら猫から変身する瞬間は見られていなかったらしい。

当然のごとく不審がられ、なんと言い訳したものかと焦っていると、庭に咲いていたみごとな白薔薇がふと目に入る。

「……お宅の白薔薇が、あまりにみごとだったので塀を乗り越え、ついふらりと立ち入ってしまいました。申し訳ありません。すぐ出ていきますので」

丁重にそう詫び、人間に化けた公爵はその場を立ち去ろうとする。

すると、「待って」と絹子に呼び止められた。

ぎくりと足を止めているうちに、絹子が前に回り込み、じっと公爵を見つめる。

「不思議だわ、うちのシロと同じ……とても綺麗な瞳をしていらっしゃるのね」

もしや、自分がシロだと気づかれたのだろうか、と内心冷や汗を掻いていると、彼女は白薔薇を一輪手折り、公爵に差し出した。

「よかったらどうぞ。差し上げます」

「……これは、ありがとうございます」

困惑しながらも、せっかくの好意を無下にはできず、公爵はそれを受け取る。

「それと……毎週末のこの時間くらいなら、私が水やりに参りますので、裏口を開けておけます」

「え……？」

「ですので……また白薔薇が見たくなったら、お立ち寄りください」

微かに頬を赤らめ、絹子は恥じらいながらそう告げた。

肝を冷やした公爵は、そのままそそくさと立ち去り、猫の姿に戻って悩む。

とりあえずはバレずに済んだようだが、絹子はなぜあんなことを言ったのだろう？


「ねぇ聞いて、シロ。それはもう、とても素敵な方なのよ？」

就寝前、鏡台の前で髪を梳かしながら、絹子がやや興奮気味に話しかけてくる。

「それでね、不思議なことにあなたと同じ瞳の色をなさっているの。とても美しくて、まるで吸い込まれてしまいそう」

それは自分だとも言えず、猫の公爵は居心地悪そうに無関心を装う。

「もう、ちゃんと話を聞いて。いったい、どこに住んでらっしゃるのかしら？　お名前と、どんなお仕事をされているのか、聞いてもいいと思う？　いいえ、駄目駄目、そんなはしたないこと、とてもできそうにないわ。そうだ、白薔薇がお好きだから、白薔薇の君って呼ぼうかしら」

鏡に向かって髪を結う練習をしながら、絹子は一人納得しつつ喋り続ける。

「咄嗟にあんなことを言ってしまったけれど、あの方はまた来てくださるかしら？　ああ、心臓が破裂してしまいそう……！」

今まであまり意識したことがなかったが、どうやら人間に変化した自分の容姿が優れていると知り、公爵は困惑した。

ほかの猫と違う姿で生まれたがゆえに、容姿を褒めそやされる経験がなかったからだ。

「ああ、もううまくいかないわね。私（わたくし）は本当に髪を結うのが苦手なの。短く切ってしまいたいけれど、そんなことをしたらお母様に叱られるし。髪は女の命なんですって」

髪を結うのをあきらめ、鏡台を離れた絹子は公爵を抱き上げようとするが、するりと身を躱す。

すると、絹子はそうだった、と言いたげにため息をついた。

「シロは本当に抱っこされるのが嫌いなのね。寂しいわ」

迷いながらも、公爵は結局、次の週末、再び人間の姿に化けて庭園を訪れた。

あれほど絹子が楽しみにしていたのに、行かないわけにもいかないと思ったのだ。

約束通り、裏口の木戸は開いていて、絹子は先に来て水やりをしていた。

そして公爵に気づくと、ためらいがちに会釈する。

「本当に、とても美しいですね」

「ええ、今が一番の見頃です」

ぎこちない雰囲気の中、二人は白薔薇を愛で続けた。

ほかになにを語るでもなく、一定の距離を置いて。

この時代、未婚の女性が男性と立ち話をしているだけでも周囲から白い目で見られてしまうのに、なぜ絹子は危険を冒してまで自分に会ってくれたのだろう?

――もしかして、これが絹子の言う、少女小説のような出会いなのだろうか?

まったく予期していなかった展開に、公爵は困惑した。


それから週に一度の、夕暮れ時のほんのわずかな時間。

絹子が中からそっと裏口を開け放ち、公爵は人間に変化して外に立つ。

無論、絹子のために誰にも見られないよう細心の注意を払う。

裏口越しに距離を置き、共にただ花を愛でるだけの十分足らずのその時間に、不思議と心癒やされた。

『人間』として絹子に認識され、言葉を交わす、それがこんなにも心躍ることだったとは思いもしなかった。

だが、自分はもう普通の猫でもなく、あやかしとなり果てた身だ。

――これ以上、深入りしてはいけない。

絹子の、自分を見つめる眼差しにほのかな恋心が混じり始めていることを、公爵は危惧していた。

この身は、しょせんあやかし。

人間の絹子とは寿命も違うし、決して相容れない存在だ。

だがもしも……もしも絹子がそれを望むなら？

それならば、恋の逃避行も許されるのではないか？

そんな迷いが公爵を支配する。

「どうかなさったんですか？」

「……いえ、少し考えごとをしていました」

「そうですか」

公爵が退屈だったのでは、と気を遣ったのか、絹子はほっとしたように笑顔を見せる。

どうか、彼女のこの笑顔が失われない人生でありますように。

公爵にできるのは、ただそう祈ることだけだった。


「……え？　お父様、今なんておっしゃったの？」

「……おまえの嫁ぎ先が決まったと言ったんだ」

「そんな……」

朝食の席で父から突然切り出され、絹子は言葉を失う。

「滅多にない、とてもいいお話なのですよ？　先方がたまたま先日のお琴の発表会であなたを見初めて、ぜひにとおっしゃってるの」

母が、そう取りなす。

縁談を持ちかけてきたのは早見(はやみ)周造(しゅうぞう)という男で、鉄鋼業で一代で財を為した、いわゆる新興成金だ。

今年二十二歳になる一人息子・周一(しゅういち)の嫁にと、絹子に白羽の矢を立てたらしい。

以前から華族との縁戚を持ちたがり、息子の嫁に良家の子女を物色しているという噂は、絹子の通う高等女学院内でも広まっていた。

子爵家は以前は裕福だったが、最近父が友人に誘われて始めた先物取引で多大な損失を出し、その補塡に奔走しているところへ、この渡りに船のような申し出があったようだ。

金はあるが平民の早見家と、身分は高いが金に困っている絹子の実家とで利害が一致したのだろう。

女性の将来の選択肢は、ほぼ結婚しかない時代だ。

高等女学校へ通わせてもらえたのも中流以上の裕福な家庭の子女がほとんどで、そこでも学ぶのは勉強よりも家事や裁縫、琴などのいわゆる花嫁修業的なものが多く、良妻賢母を育成するための場所でもあった。

絹子自身も、高等女学校へ通わせてもらえただけでも両親に感謝しなければと思っていたものの、いざ卒業が迫ってくると、やはり胸に抱いた夢があきらめきれない。

「……お父様、私(わたくし)は教員になりたいのです」

小学校教員になるには師範学校を卒業するのが一般的だが、それ以外にも検定試験に合格すれば資格は得られる。

両親に反対されると思い、今まで言い出せなかったが、絹子はひそかにその勉強を続けていた。

この時代、女性は結婚して家庭に入るのが当たり前だったので、職業を持っている女性の数は少ない。

二十歳を過ぎれば行き遅れと言われてしまうため、両親が早く嫁ぎ先を決めたがる気持ちはよくわかるが、絹子は夢をあきらめたくなかった。

勇気を振り絞って、そう懇願したが。

「なにを馬鹿なことを。もう決めたことだ」

「そうですよ、絹子。女は望まれてお嫁に行くのが一番のしあわせなんですからね？」

両親は絹子の願いを一蹴し、縁談を進めてしまったのだ。


「……結婚が決まりました。お会いするのは、これが最後です」

ほんのわずかな逢瀬（おうせ）の時間、唐突にそう告げられ、公爵は困惑する。

むろん、猫の時に絹子一家の話は聞いていたので知っていたのだが、どんな顔をすればいいかわからなかったのだ。

絹子は、自分に止めてほしがっている。

そう感じて、公爵は尋ねた。

「それは……あなたご自身が、望んだご結婚なのですか？」

「……父が投資に失敗して、借財があるのです。私が輿入れすることで受け取れる膨大な結納金でその損失を埋めなければ、この家は終わりなのだそうです」

一度は反発したものの、後からこっそり母から我が家の実情を教えられ、絹子は観念した様子だった。

苦労知らずの絹子の父親は、親から譲り受けた資産を瞬く間に食い潰してしまったらしい。

「これが私の運命なのでしょう。お嫁に行くことに決めました」

「……そうですか」

人間に変化する術はまだ不完全で、そう長時間は維持できない上、体力の消耗も激しい。

そんな今の自分が、絹子にしてやれることはなく、公爵は項垂れるしかない。

もし絹子が望むなら、彼女を連れて逃げればいい。

だが、あやかしの自分に、この先彼女をしあわせにできるのか？

同じ人間と結婚した方が、絹子にとってはしあわせなのではないか？

公爵が悩んでいるうちに、絹子が微笑む。

「さようなら、どうかお元気で」

逃げるように立ち去る彼女の後ろ姿を、公爵はただ見送ることしかできなかった。

こうして、拙速に進められた縁談で、絹子は卒業と同時に早見家に嫁いだ。

結婚式は盛大で、白無垢をまとった絹子はそれは美しかったが、公爵はその晴れ姿を複雑な思いで見つめていた。

どうあってもシロだけは連れていきたいと絹子が懇願したので、公爵も彼女と共に早見家へ移ることになった。

絹子の夫は、仕事を精力的にこなし、父親の会社をさらに大きくする野心家だった。

その分押しが強いワンマンな性格で、気に入らないことがあると絹子に手を上げることも一度や二度ではなかった。

子どもが生まれたら、きっと変わってくれるはず。

優しくなってくれるはず。

そんな期待を胸に、絹子は輿入れして二年ほどして長女の喜和子（きわこ）を出産した。

「なんだ、男じゃないのか」

難産で息も絶え絶えだった、産後の絹子への夫の第一声は、それだった。

義父と義母も、露骨に落胆を隠さない。

「まぁ、次は跡継ぎを産んでもらわないとね」

「……申し訳ありません」

誰一人、おめでとうと長女の出産を祝ってくれる家族がいない中、絹子は孤独だった。

その分、自分だけはたくさんこの子を愛して大切に育てようと心に誓う。

跡継ぎを産めという重圧が強い中、それからほどなくして絹子は二度目の妊娠。

だが、また女の子で、次女の治子を出産した。

その頃になると、夫は外に愛人を作り、堂々と屋敷に出入りさせるようになった。

「おまえは家柄のためにもらったお飾りの妻だ。跡継ぎも産めない役立たずだしな」

常々悪びれもなく絹子にそう言い放ち、とっかえひっかえ愛人を連れ込んだ。

それは義理の両親も公認の上で、絹子の代わりに男子を産める女性を捜すという大義名分の許に行われた。

やがて、女給をしていた愛人の佐奈恵が妊娠し、ついに念願の男子である長男・周吾を出産した。

義理の両親と夫はひどく喜び、周吾を認知して早見家の長男とした。

愛人の佐奈恵は離れに屋敷を建ててもらい、厚遇の中周吾を育て始めた。

同じ敷地内で顔を合わせても、本妻の絹子に挨拶もしない。

そんな中、数年して絹子は三度目の妊娠と出産を果たすが、次もまた女の子だった。

『跡継ぎも産めない役立たず』と夫と義理の両親に蔑まれる日々。

喜和子と治子、それに赤ん坊の三女・静子を抱きしめ、幾度涙を流したかわからない。

だが、いくら離婚したいと願っても、女性にはなかなか仕事が見つからない上に幼子を三人抱えていては、この家を出ることもできない。

実家はすでに兄夫婦が継いでいるので、戻ることも頼ることも叶わなかった。

自分だけならなんとでもなるが、幼い子どもたちを一人で育て上げるのは不可能だ。

第一、なにより世間体を気にする夫と義理の両親が、離婚など許すはずがない。

万が一うまく離婚できたとしても、子どもたちを取り上げられるのは目に見えていた。

この時代、女性は経済的に自立することが難しく、彼女たちは極めて離婚しづらい状況に追い込まれていた。

絹子に残された道は、ただひたすら己の境遇に耐えることのみだった。


そんな絹子の姿を見ていられなくなった公爵も、また苦悩した。

傍らでずっと見守り続けてきたが、どう考えても今の彼女はしあわせではない。

あの日あの時、彼女を攫わなかったことを激しく後悔する。

――今からでも遅くはない。絹子を連れて逃げようか……？

変化の術は鍛錬し続けてはいるが、何日も人間のままでいるのは難しく、いつ絹子の前で変化が解け、猫の姿に戻ってしまうかわからない。

だが、それでも公爵は絹子をそのままにしておけなかった。

早見家では使用人たちの目があるので、行動は慎重にせねばならない。

公爵は、乳母が不在の日に絹子が三人の娘たちを連れ、近所へ買い物に出た時を狙うことにした。

三女を背負い、長女と次女の両手を引いて、絹子は屋敷を出て歩きだす。

周囲に人がない場所まで待ち、人間の姿に変化した公爵はそっとその背後から近づいた。

「ご無沙汰しております、絹子さん」

声をかけられ、最初絹子は公爵だと気づかなかったようだが、すぐ驚いた様子で声を上げる。

「……まぁ、白薔薇の……」

言いかけ、慌てて口許を押さえる。

彼女が、自分のことをひそかに『白薔薇の君』と呼んでいたのを知っていたが、聞こえなかったふりをした。

「お久しぶりです」

「本当に……あれから、何年経ったかしら？　あなたはあの頃と少しもお変わりにならないのね」

年を取らず、当時と同じ姿のままの公爵を、絹子は懐かしげに見上げる。

「娘時代の知り合いの方とお会いしたのは、本当に久しぶり……。最近は実家にも帰っていないものですから」

娘を持参金目当てで嫁がせ、そのおかげで借財を帳消しにできたというのに、実家の両親は絹子を顧みなかった。

それをよく知る公爵は、あんな実家へ帰らせてなるものかと思う。

「……子どもたちを連れて、このまま私と逃げましょう」

思い切ってそう切り出し、公爵は右手を差し伸べる。

そんな彼を、絹子は驚いたように目を瞠り、見つめた。

「本当はずっと、後悔していました。あなたが嫁ぐと決まったあの時に、あなたを攫って逃げていたら、こんなつらい思いをさせずに済んだはず。あなたは今、しあわせではない。そうでしょう?」

もはや、自分の正体がバレてもかまわない。

公爵は必死で絹子を説得する。

「あの屋敷でこれ以上、あなたがつらい目に遭わされるのを見ていられないのです。どうか、私と一緒に逃げてください。子どもたちにも、決して不自由はさせません」

　江戸時代から長く生き続けてきた公爵は、人間社会で生きていく時のために偽造戸籍を用意し、先物取引で資産運用なども抜かりなく行ってきたので、相応の資産を蓄えていた。

　絹子は、突然の公爵の申し出にかなり驚いたのだろう。

　しばらくは言葉もなかったが、長い沈黙の末、ゆっくりと首を横に振る。

「……いいえ、行けないわ」

「……なぜですか？」

「何度も何度も……この地獄から逃げ出せたなら、どんなにいいかと想像しました。でも……ここが私の生きる場所なの。自分の人生は、自分で乗り越えなければ。一度逃げたら、この先もずっと逃げ続ける人生になってしまうでしょう？　それはいやなの」

「絹子さん……」

「お気持ちはとても嬉しかったわ。そう言っていただけただけで、私はこの先どんなつらいことがあったとしても耐え抜ける気がします」

　そう言って、絹子は薄く微笑む。

　なぜ絹子がそこまで耐えるのか、公爵には理解できなかった。

　深々と彼に一礼し、絹子は子らを連れて歩きだす。

　結局、絹子が『白薔薇の君』の手を取ることはなかったのだ。

そうして月日は流れ。

娘たちが成長し、今までほど手がかからなくなると、絹子は琴の腕前を生かして教室を開き、生徒を集めて教え始めた。

『妻を働かせるなど、体裁が悪い』と夫はいい顔をしなかったが、地域文化の貢献にもなりますから、と絹子が押しきった。

早見家に嫁いできて、初めての小さな反乱だった。

夫は愛人宅へ入り浸りで、本宅にはほとんど帰ってこなくなっていたので、そんな後ろめたさもあったのか、屋敷の一室で琴の教室を開くのを許してくれた。

教え方が上手いので、絹子の教室にはたくさんの生徒が集まり、繁盛した。

初めて自分の力で生徒たちから月謝を受け取った時は、なにより嬉しかった。

それらをひそかに貯め、絹子はいずれ来るべき日に備えた。

『本妻がしっかりしていないから、愛人に夫を取られるのだ』などと姑(しゅうとめ)からは嫌味を言われたが、気に入らないことがあるとすぐ手を上げる夫と顔を合わせずに済む方が、よほど楽だった。

堪え忍ぶ日は続き、嫁いで二十年近くの年月が過ぎ。

やがて長女の喜和子が高等女学校を卒業し、縁談が持ち込まれる年頃になると、夫は自分の事業の利益になる実業家へ嫁がせようと縁談を決めてきた。

娘を、かつての自分と同じ目に遭わせるなんて、絹子にはどうしてもできなかった。

当時、喜和子には幼馴染みでひそかに想い合う青年がいたが、彼は行商人の息子で、残念ながら夫が納得する相手ではなかった。

お嫁に行きたくないと泣く娘に、絹子は問う。

「お父様の選んだお相手と結婚すれば、なに不自由のない生活が送れるでしょう。そして、あなたの好きな人と結婚すれば、一生働きづめで苦労するかもしれない。それだけの覚悟はある？　あなたの気持ちを一番大事にしたいの」

すると、喜和子は涙ながらに、「苦労しても、あの人についていきたい。自分で選んだ人なら、どんなことが起きても一緒に乗り越えていけると思うから」と答えた。

その言葉は、絹子の心に深く染み入った。

あの日あの時、自分にほんの少しの勇気があったなら。

差し伸べられた白薔薇の君の手を、取ることができていたなら。

そう悔いずにはいられなかった。

とにかく既成事実を作ってしまえば、この時代ほかの相手には嫁ぎにくくなる。

そう計算した絹子は、こっそり貯めていた金を二人に渡し、駆け落ちの手助けをした。

手に手を取って駆け落ちをした娘に、夫は面子(メンツ)を潰されたと激怒し、「おまえの躾がなっていないからだ」と絹子を責めた。

しおらしく謝るふりをしながら、絹子はあくまで無関係を装う。

自分には、まだ夫から守らねばならない娘が二人いる。

それまでは従順な演技は続けねばならなかった。

二年ほどして、喜和子は長男を出産し、子連れで地元へ戻ってきた。

そうなってはもう許さないわけにはいかず、世間体を気にする夫は渋々二人の結婚を認めるしかなかった。

絹子の計画は、成功したのだ。

この頃、公爵はシロとして絹子と出会ってから、すでに三十年近くが経っていた。

公爵の猫としての寿命はとうに尽きていなければ不自然なのだが、絹子はなにも言わなかった。

その上絹子は、公爵の見た目がかなりめずらしかったので、屋敷の使用人たちに怪しまれないように「先代の猫が産んだ子を引き取ったの」と公爵の代替わりまで偽装した。

幸い、夫や義理の両親ははなから公爵には無関心だったので、誰も不思議に思う者はいなかった。

絹子は、自分が普通の猫でないことにすでに気づいている。

わかっていても、公爵はなにも聞けなかった。

そうこうするうち、絹子の教室は評判がよく、生徒数も順調に増えていった。

やがて屋敷の一室では手狭になり、絹子は夫に教室用の家を買ってほしいと申し出た。

そこまでして妻を働かせるなど、男の沽券に関わると、夫は渋ったが、絹子は譲らなかった。

「私が、今まで教室を持ちたいという以外、あなたに逆らったことがありましたか？　一度くらい、快く頼みを聞いてくださってもよろしいのでは？　このお屋敷には、すでに私の居場所などないのですから」

暗に自分がいなくなれば、愛人親子が自由に振る舞えるだろう、とちくりと皮肉る。

「しかし……本妻を追い出したとなれば、世間体が……」

「お琴教室へは通いだということにすればよろしいでしょう。治子と静子が嫁ぐまで、私もここを出ていく気はありません」

めずらしく、絹子が頑として譲らなかったので、夫は屋敷の近くで売りに出ていた家を買ってくれた。

絹子はどんな粗末な家でもいいと思っていたが、見栄っ張りの夫は華族の別荘だった屋敷を買い取り、それなりに趣のある屋敷を用意してくれた。

「ありがとうございます、あなた」

それは愛人親子のために彼が建ててやった屋敷よりは小さかったのだが、絹子は心からお礼を言った。

それから、絹子は公爵を連れ、琴の教室のためにその屋敷へ通った。

早見家に嫁いで、約二十年。

初めて夫や義理の両親たちの監視の目を逃れ、自由に過ごせる時間が増えると、絹子に笑顔が戻ってきたことが公爵はなにより嬉しかった。

そうこうするうち、今度は次女の治子の高等女学校の卒業が迫ってくると、彼女は教員になりたいと言い出した。

かつて、自分が夢見てあきらめた道。

娘の気持ちが痛いほどわかる絹子は、夫に彼女の希望を伝えて共に懇願した。

長女の駆け落ちに、すっかり懲りたのだろう。

猛反対されると覚悟していたのだが、夫は「男と駆け落ちされるよりはマシだ」と渋々許してくれた。

そして気が強い三女は高等女学校時代、友人の兄と恋仲になり、「この方と結婚します」と宣言し、父をあぜんとさせた。

幸か不幸か、相手は製紙会社を経営する一族の長男だったので、夫は反対しなかった。

こうして、結果的に三人の娘たちを自分と同じように、好きでもない相手に無理やり嫁がせることなく済んだので、絹子はようやく今までの人生の重荷を下ろせたような気分だった。

もう、憂うことはなにもない。

あとは静かに、人様に迷惑をかけずに余生を過ごすだけだ。

娘たち三人がそれぞれ早見家から巣立っていくと、絹子も今後は与えられた屋敷で暮らす旨を夫に伝えた。

「それがご不満でしたら、どうぞ離婚してください」

本宅には、すでに我が物顔で居座る愛人親子の天下になっていたので、自分と別れて本妻にしてやればいいと思ったが、世間体を気にする夫はそれを拒否した。

やはり、離婚を望むのは難しいようだ。

ともかく、子どもたちを育て上げ、絹子は本格的に屋敷へ荷物を移して夫とは別居し、シロと二人、穏やかな生活を送った。

そうして、たくさんの生徒たちを教え、彼女の晩年までお琴教室は常に盛況だった。

本宅では愛人が産んだ長男が夫の跡を継ぎ、孫も産まれたらしいが、絹子の心にはもうさざ波すら立たなかった。

籍を抜くことは叶わなかったが、実質今の自分は自由だったから、ほかに望むものはもうなにもなかった。

娘たちもそれぞれ母親になり、子を連れて代わる代わる絹子の許を訪れた。横暴で愛人親子ばかり厚遇し、幼い頃から自分たちを邪険にしてきた父親を、娘たちも嫌って本宅にはほとんど近寄らなかった。

たくさんの孫にも会わせてもらえて、絹子は心からしあわせだった。

そんな絹子の静かな戦いを、公爵は常に傍らで見守り続けてきた。

ずっと、ずっと。

そして、ついに絹子とも別れの時が来た。

今まで健康だった絹子だったが、六十の声を聞く頃になるとめっきり弱ってきて、肺を悪くし、度々寝込むようになった。

ひっそりとそばに居続ける公爵に、病床の絹子は語りかける。

「本当はとっくの昔から知っているのよ。あなたが普通の猫ではないこと。だって、一緒に暮らし始めて、もう五十年近く経つんですもの。いくら私(わたくし)が世間知らずだからって、そんなに長生きの猫はいないって、さすがにわかるわ」

公爵はなにも語らず、ただじっと彼女を見つめた。

「……ああ、もう結婚は懲り懲り。私が普通より恵まれた境遇だったというのは、わかってる。でもいつか、裕福でも貧しくても、女性が自分の意思で自由に職業や伴侶を選ぶことができたらと、願わずにはいられないの。そんな時代が来たら、どんなにいいかしら……」

絹子が激しく咳き込んだが、猫の姿ではその背をさすってやることもできない。

「……ねぇ、最期に一つだけ教えて。あの白薔薇の君は……」

『あなただったの？』と絹子の瞳が訴えていたが、彼女はそこで言葉を切った。

「……いえ、いいの。あなたが何者でも……たとえ妖怪だって悪魔だってかまわない。シロは、私の大事なシロだもの。いつでもよそへ行くことだってできたのに、ずっとそばにいてくれて、ありがとう……」

絹子が力なく左手の指先を伸ばしてきたので、公爵は身軽く布団の上に飛び乗り、彼女の枕許へ寄り添ってやった。

大好きな公爵の毛並みを震える指先で撫で、絹子は満足そうだ。

「最近、よく妄想するの。もしお父様に逆らって、あの時うちの人との結婚を拒んでいたら……白薔薇の君についていく勇気があったなら……まったく違った別の人生があったのかしらって。……でも、結局そこでも同じ結末だったかもしれない」

髪を結うのが苦手で、いつも自分のことより他人のことばかり考えているお人好しなところは、前世と少しも変わっていない。

——今世は、前世よりもしあわせでしたか？　千代。

亡くなった千代の魂の痕跡を追い、転生した彼女を捜し出すまで、長い年月がかかった。

そして、ようやく見つけた彼女は、今世で絹子として生まれ変わっていたのだ。

今度こそ、彼女をしあわせにするために再び飼い猫としてそばで見守り続けてきたが、その行動が正しかったのかどうかは、今もわからない。

「願わくば、女性が結婚以外で、自由に自分の人生を生きられる時代にまた生まれてみたいわ……」

語り終えると、絹子は枕許に寄り添う公爵を見つめ、薄く微笑む。

「大好きよ、シロ」

吐息のように、ひっそりと。

それが、絹子が遺した最期の言葉だった。

たまたま家族も誰もおらず、公爵と二人きりの時を待っていたかのように、絹子はこの世を去ったのだ。

最後に絹子の亡骸に寄り添い、公爵は徐々に失われていく彼女の温もりを感じ取っていた。

わかっている。

自分で決めたことだ。

たとえそれがどんなにつらくてももどかしくても、今世は彼女の望むままに、傍らで彼女の人生を見守り続けると。

だが、ただただ絹子の人生を傍観するだけで、それで本当によかったのだろうか……?

この時代にしてはそれなりに長生きし、晩年は穏やかな生活が送れただけ、若くして命を落とした千代よりはしあわせだったのではないかと思う。

少なくとも、転生を繰り返すなら前世よりもしあわせになってほしい。

それが公爵の願いだった。

——彼女が望んだとはいえ、また救えなかった。絹子に、なにもしてやることができなかった。

千代の時と同じ後悔を味わい、公爵は苦悩する。

——どうか、来世こそは望むままに、思うままに、自由に生きてください。

絹子のために、心からそう願う。

それが、ずっとずっと、彼女の輪廻(りんね)転生を傍らで見守り続けてきた公爵の、切なる望みなのだから。

絹子が他界した今、もうこの家にいる理由もない。

そして公爵は、誰にも知られることなく、ひっそりと姿を消したのだった。

次の彼女の、輪廻転生を追いかけるために。

エピローグ

『小菊茶房』の庭には、みごとな白薔薇が咲いている。

偶然なのか、はたまた数奇な天の思し召し（おぼ）なのか、遠い昔、公爵が絹子と愛でたあの白薔薇と同じ種類のものだった。

今、公爵は相談予約が入っているので、青藍に変化して次の来客を待つためにいつもの四阿の席にいた。

「青藍さん、青藍さん！」

すると、香帆が店内から息せき切って走ってくる。

「怜美さん、無事赤ちゃん生まれました……！　女の子ですって！」

「そうですか。それは重畳です」

香帆のスマホには、生まれたばかりの赤ちゃんを抱っこした怜美の自撮り写真が送られてきていて、それを青藍に見せてくれる。

「怜美さんにそっくり。お名前はこれから決めるそうですよ」

可愛いなぁ、と飽きずにその写真を眺め、香帆が呟く。

「怜美さんのお子さんが生まれたんだから、猫相談を始めてもう半年近く経ったんですね。なんだかあっという間だった気がします」

香帆はこれまでの日々を思い出したのか、遠い目をする。

口コミで噂が広まり、相談予約は毎日枠がすぐいっぱいになってしまい、最近では予約が困難なほどの人気ぶりだ。

おかげで青藍もほとんど一日中店に滞在しており、香帆も時間を取られるので美智也のほかにもう一人バイトを雇わなければ、と考えている。

「美月さんと一彰さんの交際も順調らしいし、柚希さんはシェアハウスでタケオと楽しく暮らしてるって連絡がありましたよ。皆、本当によかったですね」

「まだまだ、これからですよ。猫相談で店の名を売って、利益を上げていかないと」

「はい、頑張ります！」

祖母の体調もすっかり安定したし、そのうち特製のあんこの作り方を習いに行かねばと考える。

「あ、白薔薇、今年も綺麗に咲きましたよね」

青藍の視線が花にあるのに気づいたのか、香帆がなにげなく言う。

「香帆さん」

「はい？」

「この花を見て、なにか思い出しませんか？」

なにをです？　と問い返そうとして、自分を見つめる青藍の金と青色の瞳に魅入られる。

思わず吸い込まれてしまいそうな、美しいオッドアイ。

言われてみれば、この花を彼と一緒に見たことがあったような気がする。

あまりに昔のことで、いつのことだかは思い出せないが。

——あれ……？　なんで私、そんなこと思ったんだろう？　そんな昔に青藍さんに会ってるはずないのに。

彼と出会ったのは、正真正銘数ヶ月前の話だ。

「……そう言われると、前にも一緒にこの花を見たような気がするんですけど」

ためらいながら、そう答えると青藍が瞳を伏せ、ふっと微笑む。

「やれやれ、誘導に引っかかるとは、あなたも単純ですね。詐欺師に言いくるめられるタイプなので用心なさい」

そう、軽くあしらわれた。

「なんなんですか、もうっ！」

むくれかけた時、髪をまとめていたクリップが緩んでしまう。

「あ、落ちちゃう……っ、私、昔から髪を結うの下手なんですよね」

そう言い訳しながら慌てて直そうとするが、鏡もないのでうまくいかない。

香帆が苦戦していると。

「お貸しなさい」

青藍が背後に回り、クリップで香帆の髪を器用にまとめてくれた。

「あ、ありがとうございます」

男性に髪に触れられるなんて初めてだったので、ちょっとどぎまぎしてしまう。

――鎌倉に移住して公爵と暮らし始めて、青藍さんと出会って……いろいろなことがあったなぁ。

前の会社で身も心も削られはしたが、そのおかげで彼らと出会えたのだから、まさに禍福はあざなえる縄のごとしだ。

「私、なんでか今まで結婚願望みたいなものがあんまりなかったんですけど、最近猫相談を始めて、しあわせになっていく人たちを見ていたら、結婚もいいかもなって思えるようになってきたんですよね」

髪を委ねながらのなにげない香帆の言葉に、青藍はまるで雷に打たれたような感覚に陥る。

この世に生を受けた江戸時代から、四百年あまり。

転生した千代を追い、捜し、あてもなく放浪し、各地を彷徨い続けて生きてきた。

千代の魂の痕跡を辿り、ようやく生まれ変わった彼女を見つけ出したのは、明治時代のこと。

それが、絹子だ。

やがて絹子も亡くなり、各地を流れ流れて。

時代は、平成。

今世で香帆として生まれ変わった彼女を見つけ、この地に辿り着いたのだ。

猫の寿命を考え、彼女が幼少期にはまだ姿は現さなかった。

そして香帆が上京し、この『小菊茶房』でアルバイトをするようになってから、満を持して近づいた。

想定外だったのは、香帆がずっとペット不可の部屋に住んでいたので彼女自身の飼い猫にはなれなかったことだ。

なので美代子に取り入り、まんまと祖母宅の飼い猫『公爵』となった。

長年鍛練を積んだおかげで、もう人間に変化できる時間も長くなり、支障はない。

だから、敢えて猫相談を持ちかけ、猫の公爵として、人間の青藍として彼女のそばにいられるように策を練った。

猫神見習いを目指しているというのは、完全な方便だった。

今世こそ、彼女が自分の望む通りの人生を送らせてやりたい。

四百年以上生き続けてきた彼の望みは、ただそれだけだった。

時は、令和。

もう今の時代では、女性は自由に自分の人生を選択できる。

彼女は、自らが望むままに好きに生きられるのだ。

前世の絹子が、もう結婚はしたくないと望んでいたので、今世でもただ傍らで見守り続けるだけのつもりだった。

香帆も年頃になっても結婚する気がないらしく、やはり前世での経験がそうさせているのだろう、それならそれでいいと、思っていたはずだったのに。

「……反則ですよ、今さらそんなことを言うなんて」

「え？」

ぽつりと呟くと、香帆がなにを言っているか理解不能という顔をする。

「……ですが、よろしい。今の言葉に、二言はありませんね？」

「？？　さっきから、いったいなんの話をしてるんですか？？」

「いえ、こちらの話ですよ。これから、公爵はあなたに思う存分抱っこをさせてくれるでしょう」

「えっ⁉　本当ですか⁉」

やった！　と香帆は単純に喜んでいる。

千代を失った後、絹子の飼い猫になっても、抱っこは拒否し続けてきた。

あの温もりに包まれてしまったら、また彼女を失う時がつらすぎて、耐えられそうになかったから。

伴侶として、彼女を求めてしまいそうで怖かったから。

この気持ちを、人は愛と呼ぶのだろうか？

長い年月押し殺し続けてきたこの想いを、解放してもいいのだろうか……？

今世こそは、自分が彼女をしあわせにしてもいいのだろうか？

——主様、あの時あなたは後悔しないかと言われましたが、今ようやく自信を持って、心から「はい」と答えることができそうです。

あの日あの時、主に消えそうだったこの命を救ってもらえなければ、千代との出会いもなかったし、絹子と香帆を追い続けることもなかった。

主は今もどこかで、暇潰しに自分の生き様を眺めながら苦笑しているだろうか？

青藍は心の中で、主に深く感謝した。

「ああっ、待ちきれない！　青藍さん、今すぐ公爵を抱っこしたいなぁ」

暗に早く猫に戻れと香帆におねだりされ、苦笑する。

「やれやれ、しかたのない人ですね」

そう言い置いた青藍は席を立ち、庭を離れていったん店から出ていく。

そして、しばらくしてから猫の公爵が外から戻ってきた。

「公爵〜！」

嬉々として腕を広げて待ち構える香帆の胸に、思い切り飛び込んでやる。

今まで彼女からの抱っこを拒み続けてきたのも、触れてしまったらこの想いに抑えが利かなくなりそうだったからだ。

だが、もう遠慮はいらない。

今世こそ、もう決して離しはしない。

変身を見られた相手を花嫁にしなければならないというのも大嘘だったが、もしかしたら嘘から出たまことになるのだろうか……？

ゴロゴロと喉を鳴らし、公爵は香帆に抱かれながら、その温もりに身を委ねる。

ああ、懐かしい、約四百年ぶりの『彼女』の温もりだ。

――果たして、今世こそ私と彼女の赤い糸は結ばれるのだろうか？

さて、これからどう口説こう？

まぁ、それはおいおい考えていけばいい。

自慢の尻尾を揺らし、公爵は香帆に抱かれながら満足げに微笑んだのだった。

本作品は書き下ろしです

あやかし婚活相談はじめました
～鎌倉古民家カフェで運命の赤い糸見つけます～

2023年12月10日　初版発行

著　者　瀬王みかる

発行所　株式会社　二見書房
東京都千代田区神田三崎町2-18-11
電　話　03(3515)2311[営業]
03(3515)2313[編集]
振替　00170－4－2639

印　刷　株式会社 堀内印刷所
製　本　株式会社 村上製本所

本作品に関するご意見、ご感想などは
〒101-8405　東京都千代田区神田三崎町2-18-11
二見書房　サラ文庫編集部　まで

ISBN978-4-576-23132-7
https://www.futami.co.jp/sala/

二見サラ文庫

屋敷神様の縁結び

～鎌倉暮らしふつうの日ごはん～

瀬王みかる

イラスト＝ゆうこ

求職中のデザイナーの芽郁は鎌倉の一軒家の管理人に。そこへ屋敷神の慈雨が現れ、家主の蒼一郎との仲を取り持とうとしてきて⁉

二見サラ文庫

あすなろ荘の明日ごはん

蛙田アメコ

イラスト＝甲斐千鶴

ちょっとした躓きから不眠症になり、失業した花。祖母の代理で「あすなろ荘」の管理人になったのだが、そこは朝食付きアパートで？